시간이 멈춘 카페도

ITSUDATTE KITSUSA DODO DE HITOYASUMI
©Nagi Shimeno 2024
All rights reserved.
First published in Japan in 2024 by Futabasha Publishers Ltd., Tokyo.
Korean translation rights arranged with Futabasha Publishers Ltd.
through Danny Hong Agency.

이 책의 한국어판 저작권은 대니홍 에이전시를 통한
저작권사와의 독점 계약으로 ㈜도서출판 길벗에 있습니다.
저작권법에 의해 한국 내에서 보호를 받는 저작물이므로 무단전재와 복제를 금합니다.

시간이 멈춘 카페 도도

시메노 나기 지음
장민주 옮김

차례

프롤로그 **6**

* 1장 *
안개 속의
**페이스트리
파이**
- 13 -

* 2장 *
견디기 힘든 마음에
뚜껑을 덮는
커스터드푸딩
- 59 -

* 3장 *
흑백을
가르지 않는
케이크 살레
- 105 -

* 4장 *
가라앉은 기분이
다시 떠오르길 기다리는
오차즈케
- 147 -

* 5장 *
잠시 멈춤을 위한
**미르소스
그라탱**
- 181 -

에필로그 **221**

프롤로그

곁을 스쳐 지나가던 사람이 우산을 접고 있었다. 그제야 알았다.
"아, 그쳤구나."
소로리가 오른손에 들고 있던 진초록색 우산을 왼손에 바꿔 쥐고 안쪽 버튼을 누르자 물보라가 일면서 우산이 접혔다. 접은 우산을 가볍게 위아래로 흔드니 발밑이 젖어 들었다. 하늘과 소로리 사이를 가로막았던 우산이 사라지고 시야가 넓어졌다. 머리 위에 펼쳐진 하늘은 아직 흐릿하긴 해도 확실히 비는 그쳤다. 시선을 빙 돌려 주변을 둘러본다. 소로리가 카페 도도라는 이름의 가게를 시작했을 때, 몇 해 전에 불과하지만 그때만 해도 이 거리에는 낡은 점포의 처마들이 빽빽이 줄지어 서 있었다.

지금은 도로 양옆을 테이크아웃 커피점, 엄선된 재료를 사용한다는 고급 빵집, 종류가 다양한 쿠키 전문점이나 프랜차이즈 카페가 채우고 있다. 농장에서 직접 공수한 채소와 과일을 파는 청과물 가게에서는 과일을 이용한 샌드위치 등도 판매하는 듯하다. 하나같이 커다란 통창이 있고 그레이와 블랙을 베이스로 한 세련된 외부 인테리어가 눈에 띈다.

그런 새로운 가게 한쪽에는 예부터 한결같은 모습의 가게들도 언뜻언뜻 보인다. 빛바랜 오렌지색 비닐 차양이 드리워진 양과자점은 소박한 슈크림이 간판 메뉴였을 것이다. 언덕 중턱에 있는 중화요리집은 라면과 군만두뿐 아니라 닭고기달걀덮밥과 소고기덮밥 같은 덮밥류부터 생선구이 정식까지 있다고, 누렇게 변한 손 글씨 메뉴판이 호소하고 있다. 새콤달콤한 소스가 특징인 달걀덮밥을 가장 많이 주문한다고 들은 적 있다. 동네 어르신들이 신문을 읽으며 가게 안에 앉아 있는 모습을 소로리도 예전에 종종 본 적이 있다. 노부부가 함께 운영하다가 수년 전 남편이 세상을 떠나자 부인과 아들이 함께 변함없는 맛을 잇고 있다는 소식도 전해 들었다.

아직도 운영 중이구나. 그 사실 하나만으로 안도감이 든다. 하지만 그건 이 거리의 가게 중 극히 일부에 국한된 이야기다. 유명 작가나 왕년의 스포츠 스타가 단골로 다닌다고 알려져 있던 동네의 옛 가게들은 모조리 문을 닫고 말았다. 시대의 파고에 굴복해버린 건 노포뿐만이 아니다. 불과 몇 년 전 문을 열었던 비스트로는 어느새 드럭스토어로 바뀌었고 테이크아웃 샐러드 전문점의 셔터에는 점포를 매매한다는 메모가 바람에 나부끼고 있었다.

소로리는 자신이 변화의 흐름에 발 빠르게 따라가지 못한다는 생각이 든다. 카페 도도와 가까운 곳에서 중국의 대표적인 술인 사오싱주를 내세워 개업했던 중화풍 술집도, 그러고 보니 2년도 안 돼 문을 닫았다.
소로리는 다시 거리로 눈길을 돌린다. 새로 오픈한 가게는 물론 오래된 노포 앞에는, 열심히 버틴 것에 대한 보상이라도 하듯 예외 없이 긴 줄이 늘어서 있었다. 젊은 사람들이 대다수인데 대개는 스마트폰에 눈을 떨구고 있었다. 기다리는 시간마저 기분 좋은지 즐겁게 담소를 나누는 사람들도 있다.

유행과는 인연이 없는 동네의 어르신들은 지금 어디서 신문을 펼치고 있을까. 그런 생각의 파편들이 머릿속에 떠올랐다. 혹시 외근을 마치고 사무실로 돌아가던 회사원이 점심만큼은 조용하게 먹고 싶어서 가게를 찾다 찾다 지쳐버리지는 않을까. 간만에 단골 가게의 라멘을 먹어볼까, 하고 발걸음을 한 손님이 갑자기 늘어난 긴 줄을 보고 흠칫 놀라지 않을까.

그러고 보니 방금까지 부슬부슬 내리는 비에 몸을 웅크리고 걷던 사람들이 지금은 활짝 갠 표정으로 거리를 활보하고 있었다. 마치 비가 내렸다는 사실을 완전히 잊어버린 것처럼 가볍게 발걸음을 옮기고 있었다. 소로리의 머릿속에서 몽롱한 안개 같은 단어가 떠다녔다. 하지만 그 정체가 너무도 불안정해서 무슨 단어인지 뚜렷하게 형체가 보이지 않는다.

큰길을 돌아 좀 더 걸어가면 좁은 골목 입구가 보인다. 그 골목 끝에 카페 도도가 있다. 오래된 단층 주택 옆에 한동안 세워두었던 자전거에 다가간다.
"장마철엔 자주 못 타니까 아쉬워."

그렇게 말하면서 핸들에 묻은 빗방울을 쓸어냈다.

열쇠로 문을 열고 놋쇠 손잡이를 당겨 들어간 가게 안은 날씨 탓에 낮인데도 약간 어둡다. 일단은 전기 스위치에 손을 댔다가 이내 몸을 돌려 부엌 서랍을 뒤진다. 부스럭거리는 소리가 들리더니 곧 유리 홀더에 끼워 놓은 초가 서너 개 놓인다. 주황빛의 부드러운 촛불이 살랑살랑 흔들렸다.
"촛불의 색깔은 석양 색과 비슷하다. 촛불의 흔들림은 마음을 차분하게 만들 때와 같은 파동이다."
소로리는 중얼거리며 따뜻한 촛불의 흔들리는 빛에 몸을 맡긴다. 카운터 의자에 앉아 어깨 힘을 빼자 양팔이 맥없이 아래로 떨어졌다.

가만히 눈을 감고 심호흡을 반복했다. 창문을 통해 이따금 나무들이 사락사락 흔들리는 소리가 기분 좋게 귀에 들어온다. 마음이 고요히 안정된 것을 느끼고 천천히 눈을 뜨자 부엌 구석에 걸려 있는 액자 속의 동그란 눈동자와 눈이 마주쳤다. 액자 속 도도는 어떤 말을 하고 싶은 듯 이쪽을 뚫어지게 쳐다보고 있었다.

"괜찮아."
소로리는 천천히 일어서서 빛바랜 데님 앞치마를 손에 들었다. 다시 조용히 비가 내린다.

cafe dodo

 도도는 한때 이 세상에서 숨 쉬며 살았지만 지금은 절멸해버린 새의 이름입니다. 타조 같은 겉모습에 갈고랑이처럼 생긴 부리가 특징입니다. 날지 못하는 건 똑같은데 타조처럼 크지도 않고 발이 빠르지도 않습니다. 그래서일까요, 인간과 다른 생명체들에게 쉽게 알을 빼앗겼고 결국 세상에서 사라져버렸습니다.

 아무튼 이름의 유래가 '바보'이기 때문에 어찌할 수 없는 운명이었다고 생각합니다. 바보 같은 새라도 평화롭게 살던 시대가 있었노라고 말해도 요즘 상식으로는 쉽게 상상하기 힘들 테죠. 하지만 그런 세상이 있었다면, 다시 그런 세상이 오기를 바라지 않을 수 없습니다. 울창한 나무와 마당이 있는 이 낡은 주택에서 카페 도도를 운영하는 주인장 소로리. 그는 도시의 바쁜 사람들이 잠깐이나마 도도처럼 평온한 시간을 보내길 바라고 있습니다.

잔뜩 흐린 날씨가 이어집니다. 하지만 소로리는 오늘도 느긋하게 가게 문을 열고 손님을 맞이합니다.

'바보 새 주제에 말이 많군.'

이런 생각을 하셨다면 제 소개를 드려볼까요. 이미 알고 계신다면 아아, 하고 고개를 끄덕이시는 걸로 충분합니다만.

저는 카페 도도의 부엌 기둥에 걸려 있는 작은 액자 속 도도입니다. 이 가게 단골인 이소가이 무쓰코라는 디자이너가 저를 그려주었어요. 70세가 넘은 지금도 활발히 활동하는 텍스타일 디자이너예요. 그분이 소로리에게 저를 선물한 것이죠. 그림이 된 제가 액자 안에 들어가 부엌에 장식된 이유를 이제 아셨을까요? 오늘 밤도 저는 카페 도도의 부엌에서 소로리와 손님들을 지켜보고 있습니다.

아, 지금 카운터 제일 구석 자리에 턱을 괴고 앉아 있는 사람이 무쓰코입니다. 제 목소리가 들렸는지 문득 이쪽을 보고 작게 미소 짓더니 다시 멍하니 허공을 바라보네요.

손님 자리는 마당에도 있습니다. 오늘 밤처럼 비가 오는 날은 손님을 마당으로 안내할 수 없지만요. 카운터 의자는 다섯 개뿐이어서 자동으로 정원은 다섯 명. 가게 안의 의자들이 지금은 전부 채워진 상태입니다. 저녁에 문을 열고 얼마 안 되어 벌써 만석입니다. 여럿이 함께 온 손님들이 있는 건 아닙니다. 1인 전용 카페라서 손님들 모두 혼자서 방문하거든요.

손님끼리 가볍게 눈인사 정도 나눌 때도 있지만 보통은 각자 조용히 자기만의 시간을 보냅니다. 조용한 풍경이 카페치고는 조금 낯선가요. 하지만 주인인 소로리에게도, 방문한 손님에게도 이 정도 거리감이 딱 좋습니다. 모두 그렇게 생각하는 듯합니다.

"저, 오늘의 추천 메뉴 부탁드릴 수 있을까요?"

나긋나긋한 목소리로 주문을 한 사람은 소로리가 볼 때 왼쪽, 출입문 가까이에 앉아 있는 여자 손님이었습니다.

전부터 와보고 싶었던 가게다. 도키토 미도리는 오래된 카운터 테이블에 떨구었던 눈을 가만히 들어 올린다. 작고 소박한 가게 안에는 다섯 개의 자리가 있는데 미도리가 들어왔을 때는 이미 네 자리가 차 있었다.

 전부 여자 손님으로 연령대는 다양했지만 서른둘인 미도리보다 모두 나이가 많은 것처럼 보인다. 카페 안은 의자와 테이블, 반들반들 도자기 잔까지 오래된 편안함과 소박함이 돋보인다. 다들 혼자 있어서 그런지 조용하고 차분한 분위기가 마음을 여유롭게 만들어준다. 미도리는 가까스로 비어 있던 입구 가까운 자리의 의자를 앞으로 뺐다.

 테이블을 사이에 두고 안쪽은 부엌인데 호리호리하고 키 큰 남자가 녹색 커피통을 손에 들고 왔다 갔다 한다. 이 사람이 가게 주인 소로리 씨구나, 하고 미도리는 인터넷으로 얻은 정보를 정리해나간다. 그는 단골로 보이는 카운터 구석의 손님을 향해 친숙한 미소를 짓고 있었다. 덥수룩한 머리칼과 희고 갸름한 얼굴에 뿔테 안경. 미색 여름 니트에 오래돼 보이는 데님 앞치마 차림. 언뜻 소박한 모습이지만 뿔테 안경 속에 이목구비는 꽤 선명해서 서늘한 느낌의 외모를 감추고 있는 듯 보인다.

 인스타그램의 추천 기능은 유저의 성향에 맞춰져 있다는 걸 알지만, 그럼에도 자신이 좋아하는 것을 콕 집어 찾아줄 때마다 깜짝 놀라곤 한다. 이 가게 정보도 그렇게 접한 게시글을 통해 알게 됐다. 와, 멋지다. 미도리는 바로 손가락으로 사진을 터치하고 캡션에 적힌 장소를 확인했다. 도쿄의 차분한 힐링 카페를 소개하는 페이지였는데 이곳 외에도 몇 군데 매력적인 가게가 소개되어 있다. 언젠가는 가보고 싶다, 하는 생각에 화면을 캡처해서 저장했다.

내가 원하는 걸 미리 알아서 보여주다니 이쯤 되면 마치 나를 잘 아는 개인비서 같다. 가끔 정확도가 살짝 어긋날 때도 있긴 하다. 언제였던가, 미도리의 추천 화면이 달마시안으로 뒤덮인 적이 있었다. 디즈니 영화 《101 달마시안》에 나오는 그 점박이 개다. 달마시안을 검색한 기억은 없다. 개와 고양이에 크게 관심 없다. 팔로우하는 페이지에도 그 비슷한 게 없는데.

"왜지?"

소리를 묵음으로 설정해놓긴 했지만 '컹컹' 목청껏 짓는 소리가 들릴 것 같은 영상과 이미지를 보면서 미도리는 고개를 갸웃했다. 화면을 쓸어 넘기다 '아, 이것 때문에……' 하며 손을 멈췄다.

취미로 다녔던 도예 교실 동료 중 한 명이 인스타그램에 작품을 올리고 있었다. 디자인을 전공했다는 이십 대의 그녀는 미도리와 달리 실력도 빨리 늘었고 젊은 만큼 생동감도 넘쳤다. 올리는 작품도 대다수가 신작이고 그중 일부에 '우시ushi'(소를 뜻하는 일본어-옮긴이)라는 시리즈 명을 붙여 놓았다. 물잔, 밥그릇, 접시. 전부 흰색에 가까운 연회색 바탕에 홀스타인 젖소의 검은색 얼룩무늬를 배합한 디자인이었다. 소 모양의 도자기 사진 밑에는 그룹전 안내 소식이 캡션으로 첨부돼 있었다. 수도 없이 열어본 그 페이지에서 AI가 젖소 무늬를 달마시안으로 착각하고 멋대로 미도리에게 달마시안을 추천한 것이다.

허탈한 웃음을 흘리며 미도리는 다시 소 모양 작품이 나오는 페이지를 연다. 모든 댓글에 그녀는 깍듯하게 답글을 달아놓았다. 그중에는 미도리가 올린 댓글도 포함돼 있다.

전시회 기대된다! 꼭 갈게.

적당히 이모티콘을 섞어 올린 댓글에,

미도리 씨, 와주신다니 기뻐요. 즐거운 만남 기대할게요.

받는 사람도 기분이 좋아지는 미소 이모티콘과 함께 이런 답글이 달려 있었다.

미도리는 예전 일들을 떠올리면서 스마트폰을 손에 집어 든다. 인스타그램을 열자 '피드를 새로 고칠 수 없습니다'라는 에러 메시지가 떴다. 카페 도도를 소개한 글에 가게 안의 통신 상태가 좋지 않다고 적혀 있던 걸 떠올리며 요즘 세상에 진짜로 그런 장소가 있구나, 하고 묘하게 감동한다.

도예 교실 동료들끼리 그룹 전시회를 열자는 이야기가 나온 게 언제였더라. 헤아려보니 4년도 전의 일이다. 그 사이 세상이 완전히 뒤집어졌다. 도예 교실도 무기한 휴강에 들어갔고 미도리가 정직원으로 근무했던 음식점도 근근이 버티다가 딱 1년 전에 마치 숨통이 끊어지듯 폐업하고 말았다. 동갑내기 남편과 이혼한 것도 그 시기와 겹친다. 정직원을 뽑는 음식점 구인은 별로 없었고 그 밖의 직종은 대부분 유경험자를 원했다. 구직활동은 생각대로 진행되지 않았다. 헤어진 남편과는 가구와 저축을 절반씩 나누었을 뿐 서로 위자료 지급 같은 건 요구하지 않았다. 살고 있던 임대아파트에서 그가 나가는 것으로 이야기가 정리되었다.

지금은 얼마 안 되는 퇴직금에 저축한 돈과 실업급여로 그럭저럭 생활하고 있다. 실업자 처지에 여유롭게 쓸 수 있는 돈은 없다. 도예 교실이 다시 열리지 않은 것은 오히려 다행이었다. 4년이 넘어 실현된 그룹전 참가는 그래서 포기했다. 출품할 작품을 만들 여유도 없었고 전시회장 대관비와 운영비 등등 생각보다 큰 금액이 들기 때문이다.

 '꼭 갈게'라고 댓글을 보냈음에도 불구하고 결국 미도리는 그룹 전시회에 발길을 옮기지 않았다. 여의치 않은 사정으로 참가하지도 못한 전시회가 내키지 않은 것도 하나의 이유였다. 전시회 최종 참가자는 소 모양 도자기를 굽는 그녀 외에 두 사람. 미도리와는 도예 교실에 다녔던 시기가 달라 일면식도 없는 여성 한 명과 미도리가 아예 모르는 공예작가가 전부다. 전시회장에 가봤자 모르는 사람이 많을 게 틀림없다.
 소 모양 도자기를 만드는 이십 대 그녀의 계정에는 전시회 동안 세세하게 게시물이 계속 올라왔다. 영상이나 전시회 중에 있었던 인스타 라이브 아카이브도 있었다. '내일이 마지막'이라고 첨부된 캡션을 봤을 때는 그래 가보자, 마음을 다잡고 전시회장까지 가는 방법과 입고 갈 옷까지 생각했다. 그런데 당일이 되자 완전히 갈 마음이 사라져버렸다.

'내가 그렇지 뭐.'

스마트폰에 쭉 올라오는 전시회장 풍경을 멍하니 바라보면서 중얼거린다. 먼저 축하 선물을 준비해야 할 것이다. 보러만 가는 건 안 되니까. 전시도 중요하지만 어쨌거나 작품 판매가 우선일 것이다. 가는 이상 구매를 안 할 수가 없다. 미도리는 작품 사진들을 빠짐없이 살펴보며 이 정도 소품이라면 살 수 있지 않을까, 전시 도록이라면 큰돈이 안 들까, 이런저런 궁리를 해보았다.

실직했다는 사실은 물론이고 이혼했다는 것도 도예 교실 동료들에게 알리지 않았다. 오랜만에 실현된 이벤트이니만큼 틀림없이 유쾌한 분위기일 거라는 상상도 미도리의 기분을 가라앉히기에 충분했다. 가고 싶지 않은 이유는 이렇게 몇 가지가 겹쳐 있다. 지금껏 빼지 못하고 있는 왼손의 결혼반지를 오른손으로 돌리면서 멍하니 있다. 변명을 거듭하는 자신이, 다 큰 어른이, 참 한심하게 느껴졌다.

오늘은 무슨 일이 있어도 이 카페를 방문하자, 라고 정했다. 어떻게든 첫발을 내딛지 않는 한 홀로 비좁은 공간에 처박힌 채 빠져나가지 못할 것 같은 공포를 느꼈기 때문이다.

내가 결정한 일이다. 전시회 가겠다고 예약을 한 것도 아니잖아. 가지 않는다고 누구에게 피해가 가는 일은 없다. '마음 편히 먹고 안심해'라고 자기 자신에게 말해준다. 멋진 카페에 앉아 우아하게 시간을 보낼 만큼의 여유는 아직 없다. 하지만 전시회조차 가지 못한 자신의 못난 모습을 어떻게든 만회하고 싶었다.

"저, 오늘의 추천 메뉴 부탁드릴 수 있을까요?"

말을 걸자 주인이 상냥하게 고개를 끄덕였다.

왁자지껄 떠드는 분위기가 아니라서 가게 안은 고즈넉했다. 그렇다고 숨 막힐 정도로 적막한 게 아니라 식기와 조리 기구가 내는 소리가 적당히 울려 편안한 느낌이었다. 이따금 단골손님과 주인이 이야기를 나누는데 장황하게 늘어지는 대화가 아니라 깔끔하게 주고받는 말이라 옆에서 듣고 있어도 기분이 좋았다.

마음을 다잡고 오길 잘했다. 실제로 해보면 별일 아니라니까. 그렇게 미도리는 자기 자신을 격려했다.

"계산 좀."

미도리 옆에 앉아 있던 손님이 자리에서 일어선다. 늘씬하고 정갈한 인상의 여성이다. 미도리보다 조금 연상으로 보인다. 네이비블루의 얇은 니트에 진주 버튼이 달린 재킷을 받쳐 입어 청초하고도 단정한 느낌을 풍긴다. 그녀의 분위기와 잘 어울렸다. 그러다 시선을 돌려 눈이 마주치자 그녀가 가볍게 눈인사를 했다. 미도리도 살짝 미소 지으며 눈인사를 건넸다.

　도와다 미레이는 가게 문밖으로 나오자마자 캔버스 천으로 된 토트백에서 스마트폰을 꺼냈다. 가게 안에서는 잘 연결되지 않았던 인터넷도 밖에선 문제없는 것 같다. 날씨 앱으로 찾아보니 도쿄 도심은 비가 그칠 조짐이 보이지 않는다. 예보는 내일도 모레도 에러인가 싶을 정도로 우산 표시가 쭉 이어진다. 검색창에 '장마 끝 언제'라고 입력해본다. 끝이 보인다고 하면 위안이 될 거라 생각했건만 핸드폰으로 확인해보니 비의 계절이 끝나려면 좀 더 기다려야 하는 것 같아 마음이 우중충해졌다. 입고 있는 니트의 네이비블루와 비슷한 색이 이어지는 화면을 닫았다.

　우산꽂이에서 장우산을 꺼내어 잠금장치를 푼다. 카페에서 한 시간 이상 머물렀을 텐데 젖은 우산이 마를 정도의 시간은 아니었던지 아직 물기가 축축하게 스며 있다. 기하학 패턴의 우산은 손잡이까지 젖어 있어서 마치 미레이의 마음속 같았다.

의류업계는 코로나 이전 수준까지 실적이 회복되었다. 최소한 뉴스에서는 그렇게 말하고 있다. 하지만 최근 3년 사이에 파산하거나 업종을 변경한 회사는 지금껏 본 적 없는 수치다.

재택근무가 늘면서 외출복 수요가 감소한 대신 평상복은 편안한 기능성을 더욱 중시하게 되었다. 저가의 대량생산 제품이 아니라 소재나 봉제까지 까다롭게 살피는 소비자가 늘었다. 마음 편한 삶을 지향하고 예찬하는 분위기다. 지구 환경에도 좋고 너무 애쓰지 않는 생활이 무엇보다 중요하다고 모두가 목소리를 높인다. 세상이 갑자기 무릉도원으로 이사라도 한 것 같다.

미레이가 근무하는 의류업체는 직원 8명의 소규모 회사로 본사는 간토지역의 지방 도시에 있다. 창업한 지 10년밖에 안 된 젊은 회사다. 직원들도 젊은 사람들이 대부분이다. 사내 평균연령은 미레이와 같은 38세. '생활 속 도구로서의 옷'이라는 캐치프레이즈를 내걸고 옷(후쿠)과 도구(도구)를 합친 조어 '후구fugu'라는 브랜드로, 주요 품목은 세대를 타지 않는 니트 제품이다.

미레이는 고향의 국립대학을 졸업하고 도쿄의 부동산 관련 회사에 취직했고 12년 정도 일한 후 지금 회사로 이직했다. 실적에 대한 압박이 센 업무에 더해 간토 북쪽의 본가에서 간토 남쪽의 도쿄 도심까지 두 시간 정도 걸리는 출퇴근 시간 때문에 피폐해진 상태였다. 결국 본가에서 다니기 쉬운 곳을 찾아 고향에 있는 기업으로 이직을 결정했다. 나이가 차고 독립하고 싶기도 했지만 그렇다고 혼자 사는 삶을 특별히 동경하는 것도 아니다. 미레이의 언니는 일찌감치 독립했다. 미레이는 집세나 생활비 등을 써가면서까지 집에서 나갈 생각은 없었다. 그냥 자신이 살기 편한 쪽을 선택했다는 것이 가장 정확한 설명일지 모르겠다.

이직을 한 이유에는 의류업계에 대한 동경도 있었다. 패션을 좋아했고 옷이 만들어지는 과정에도 관심이 있었다. 미레이의 업무는 개발이나 봉제와 직접 관련이 있는 건 아니지만 작은 기업인 만큼 소비자의 목소리가 직접적으로 전달되는 환경이라 '좋아한다' '옷이 편하다' 같은 고객들의 반응을 들으면 기분이 좋고 보람도 느꼈다. 창사 이래

온라인 스토어에서만 판매하다가 지역 백화점에 잠시 입점도 했다. 아쉽게도 경험 부족으로 오래지 않아 철수하게 되었고 동시에 미레이는 특판 이벤트 담당이 되었다. 도쿄도 안에서 움직여도 특판 이벤트 동안은 숙박 포함 출장으로 처리된다. 본가 근처에서 도쿄까지 매일 오가는 건 아니지만 결국엔 어느 순간 만원 지하철에 시달리면서 장소 이동을 하게 된다.

프리랜서 판매원이라는 직종이 있다는 건 미레이네 회사가 이런 식으로 각지에서 시즌 한정 이벤트를 여는 동안 알게 됐다. 그때그때 각 지역 백화점에서 일할 직원을 확보하는 게 큰 숙제였던 때였다.

처음엔 본사 홈페이지에서 필요할 때마다 판매직 아르바이트를 모집했다. 개최 장소와 일정을 SNS로 공지하면 DM으로 문의가 들어왔다. 면접을 볼 시간적 여유도 없어서 막상 채용하고 보면 결과적으로 아무것도 모르는 학생이거나 의류 판매에 익숙하지 않은 사람들도 있어서 좀처럼 안정화되지 않았다. 이벤트 현장이 도쿄를 비롯한 주요 도심부에 집중돼 있어서 동일인이 매번 지원하는 경우도 적지 않았다. 차라리 그 경우엔 이야기의 진행도 빠르고 채용률도 높았다.

가나자와 사키에는 도쿄 도내에서 개최했던 행사에 몇 번인가 지원했고 실제로 매장에서 함께 일했던 사람 중 한 명이다.

"저는 프리랜서 판매직이라 일정만 맞으면 언제든 올 수 있어요." 몇 차례 채용 때마다 사키에는 말했다. 미레이에겐 인사권이 없지만 규모가 크지 않은 행사에서 매장의 책임자 역할은 자연스럽게 미레이가 맡게 된다.

"프리랜서 판매직이요?"

익숙지 않은 단어에 고개를 갸웃한다.

"네. 이런 특판 이벤트 때만 일하는 거예요. 백화점일 때도 있고 쇼핑몰일 때도 있고 업종도 의류만이 아니에요."

무사시노 지구의 한 쇼핑몰에서 유리공예 제품을 판매한 적도 있다고 말했다. 단기 아르바이트와 어떻게 다른 걸까, 그런 생각을 하고 있는데,

"몇 군데 친한 로드숍이나 업체에서 직접 오퍼를 받기도 해요."

그렇게 묻지도 않은 질문에 대답을 해주었다.

사키에는 늘씬하고 피부도 매끈해서 도무지 미레이보다 연상으로는 보이지 않는다. 이력서에 적혀 있던 40이

라는 나이를 몇 번이나 다시 확인했을 정도다.

눈에 띄기 시작한 흰머리를 숨기기 위해서라고 본인은 말하지만, 금발에 가까운 밝은 갈색으로 염색한 머리에 헤어밤을 발라 말끔히 정돈하고 머리 끝부분을 밖으로 뻗치게 드라이한 스타일도 평범한 수준이 아니다. 도시에 사는 사람은 나이를 먹는 속도도 느린 모양이네. 타고난 센스가 몸에 장착돼 있는 걸까. 그런 생각이 미치자 한순간 자신이 촌스럽다고 느껴지고 주눅이 들면서 얼굴이 굳어졌다.

가까이서 보면 정성 들여 화장한 걸 알 수 있지만 사키에의 첫인상은 자연스럽고 호감이 간다. 무엇보다 붙임성이 좋았다. 손님을 대할 때 넘치지도 부족하지도 않은 태도에 손님들이 눈에 띄게 편안해하는 걸 알 수 있다. 그냥 지나가던 고객이 어느새 고가의 제품을 손에 들고 계산대로 향하는 모습도 몇 번이나 보았다.

"뭔가 특별한 비법이 있는 거예요?"

이렇게 물어본 적도 있지만 본인은 깜짝 놀랐다는 듯 눈을 동그랗게 떴다.

"그런 거 전혀 없어요. 좋은 제품이라서 잘 팔리는 거죠."

미레이의 입장을 배려해서인지 그렇게 치켜세워 주었다.

"이건 좋은 제품이다, 라고 제가 진심으로 생각하는 마음이 고객들에게 그대로 전달되는 게 아닐까 싶어요."

그 말을 듣고 미레이는 '그럼 나는 우리 회사 제품의 장점을 진심으로 이해하지 못한다는 뜻인가.' 하는 생각이 올라오면서 사키에의 은근한 '돌려까기'에 한 대 얻어맞은 기분이 들었다.

"니트 촉감이 부드러워서 계속 만지고 싶어요. 고양이를 쓰다듬는 것 같아요."

사키에는 이벤트 기간에 유니폼 대용으로 입을 터틀넥 니트를 손으로 쓰다듬으며 달달한 표정을 지어 보였다.

"좋게 이야기해주시니 고맙습니다."

제품에 대한 칭찬을 받았으니 고맙다는 미레이의 대답이 적절했을 것이다. 하지만 사키에는 이에 더해,

"이렇게 좋은 제품을 판매할 수 있다니 저야말로 감사하다는 말씀을 드리고 싶어요."

미소 띤 얼굴로 그렇게 대답했다.

내일부터 5일 일정으로 도쿄 도내 백화점에서 개최되는 행사에는 사키에도 판매원으로 함께하기로 했다. 아르바이트 판매원들의 근무 시간은 이벤트 기간 내내 개점 시간부터 폐점 시간까지다. 폐점 후 할 일이 있을 때는 예외적

으로 야근을 부탁하기도 하지만 기본적으로 준비와 사후 정리는 미레이를 비롯한 직원들의 일이다.

미레이는 물품 반입 시간에 맞춰 본사에서 출장을 왔다. 출장 기간에는 본사와의 업무 조율이나 회계 마감 등으로 퇴근이 늦어지기 일쑤다. 아침에도 일찍 일을 시작해야 한다. 그래서 이벤트 기간에는 도쿄의 호텔에 묵는다. 괜히 출장비를 아껴야 한다는 생각에서 인터넷으로 한참을 찾아보고 가성비 좋은 작은 호텔을 예약했다.

저렴한 가격에도 불구하고 인테리어가 예쁘고 분위기가 편안해서 좋았다는 평가대로, 들어가는 입구부터 심플하고 세련된 호텔이었다. 느낌 좋은 프런트 직원의 안내에 따라 키오스크에서 체크인을 마치고 필요한 어메니티를 챙긴 다음 방으로 들어갔다. 침대와 미니 데스크가 있는 최소한의 공간에 꾸며진 좁은 객실이었지만, 생긴 지 얼마 안 된 곳이라 아기자기하면서 청결함이 느껴졌다. 침대에는 자체 제작한 룸웨어가 놓여 있었다. 개성적인 디자인이 눈길을 끈다.

"이거, 무쓰코 이소가이 아니야?"

불쑥 미레이가 디자이너의 이름을 중얼거린다. 홈페이지를 새삼 확인해보니 비품란에 정확히 '무쓰코 이소가이가 디자인한 룸웨어'라고 명기돼 있었다. 칠십 대인데도 현역으로 왕성하게 활동하는 디자이너라 꽤 이름이 알려져 있지만 매체에 얼굴을 드러낸 적은 없다. 왠지 다부지고 멋진 여성일 것 같다.

멋진 룸웨어를 보니 하루 종일 돌아다니느라 쌓인 피로가 풀리는 듯했다. 하지만 옷을 갈아입고 편히 쉴 시간은 없다. 커다란 캐리어를 호텔에 두고 곧바로 캔버스 천으로 된 토트백을 집어 든 채 지하철역으로 향한다. 이벤트가 열리는 백화점은 다섯 정거장. 10분 정도 걸린다고 스마트폰 앱이 알려주었다. 안개비였지만 바람이 세게 불어서 역에 도착할 즈음엔 네이비블루 니트의 소매와 옷자락에 작은 물방울이 맺혀 있었다. 접은 우산에 눈길을 준다. 이 우산도 무쓰코 이소가이의 디자인이다. 가성비를 따져 예약한 호텔인데 신기하게도 자신의 취향대로 골랐다니 재미있는 일이다.

관계자 전용 출입구는 백화점의 일반고객용 입구와 다르다. 눈에 잘 띄지 않게 설치해놓은 간판의 화살표를 따라가서 육중한 문을 당기니 경비원이 서 있었다. 회사명과 용건을 기재하고 출입증을 받는다. 엘리베이터도 직원용이 따로 있다. 직원용 엘리베이터 안에는 특별행사 안내

외에 몇 가지 게시물이 붙어 있었다. 마침 엘리베이터에 혼자 탄 미레이는 '기분 좋은 미소로 고객을 맞이합시다'라고 발랄한 서체로 쓰인 문구 아래 소개된, 얼굴 스트레칭을 시험 삼아 해보았다. 고객들에게 피해가 가지 않도록 이벤트 준비 장소는 하얀 휘장으로 가려놓았다. 휘장을 걷어 올리고 안으로 들어가니 집기 설치는 이미 끝났고 안쪽에서 본사 영업 기획 담당자인 스기모토가 도면을 손에 쥔 업자와 담소를 나누고 있었다.

미레이의 얼굴을 확인하더니,

"아, 도와다 씨. 어서 와요."

남자치고는 높은 톤의 목소리로 인사를 했다.

"수고 많으십니다. 집기 설치가 벌써 끝났네요."

"네. 순조롭게 준비 완료. 느낌이 좋네요."

스기모토가 가무잡잡하고 날카로운 얼굴에 미소를 지어 보였다. 특판은 동시에 여러 군데에서 개최될 때도 있다. 특판 행사를 총괄하는 스기모토는 대체로 행사 시작 전날인 물품 반입일이나 행사 첫날에만 얼굴을 비출 때가 많다. 이번엔 집기 팀과 함께 현장에 왔다가 오늘 중 다른 도시로 이동한다고 했다.

"행사 기간 동안 날씨가 걱정이네요."

날씨는 매출에 직결된다. 하지만 스기모토는 특유의 밝은 성격대로,

"이 계절엔 어쩔 수 없죠. 신제품을 많이 준비했으니까 그걸 어필한다고 생각하면 돼요. 그리고 여기 매장은 믿으니까 걱정 안 해요."

그렇게 치켜세워준다. 자신을 인정해주는 듯한 말이 고마워 가볍게 눈인사를 하는데, 이벤트 준비 공간을 덮고 있던 휘장 저편에서 "실례합니다"라는 맑은 목소리가 들려왔다. 미레이와 스기모토가 동시에 쳐다보니 낯익은 얼굴이 서 있었다.

"사키에 씨!"

프리랜서 판매원인 사키에가 불과 며칠 전에 판매를 시작한 신상 원피스를 입고 방긋 미소 지으며 서 있었다. 입었을 때 어깨 부분이 딱딱하게 꽉 끼지 않는 편안한 니트 소재에다 두툼해서 몸에 달라붙는 느낌도 아니고 광택이 있어서 고급스럽게 화려해 보이는 제품이다. 재킷만 바꿔 입으면 계절 불문하고 외출할 때도 잘 어울린다고 광고하는 제품이다. 다만 행사 매장에서 착용할 수 있게 회사에서 지급한 건 아니다.

"아니, 오늘은 웬일이세요?"

아주 친근한 태도로 스기모토가 스스럼없이 물었다.

"마침 백화점에서 살 게 있어서요. 인사드리려고 들렀어요."

사키에는 집기들이 늘어선 공간을 쓱 둘러본다.

"매장이 넓네요. 판매하는 아이템 수도 많은가요?"

"네. 신제품 중심으로요."

스기모토가 아이템 수를 알려주고 나서 사키에의 어깨에 눈길을 준다.

"피스타치오톤 잘 어울리시네요. 그런데 이거 구매하신 거예요? 사이트에 이제 막 올라갔을 텐데."

약간 빛바랜 느낌의 파스텔톤 올리브색은 이번 계절에 가장 미는 컬러로 '피스타치오'라고 색깔 이름을 정했다. 사키에의 흰 피부와 밝은 헤어와도 잘 어울려서 그녀의 화사함이 제품의 고급스러움을 더욱 확대시켰다. 처음 샘플을 봤을 때는 의외로 수수해서 외출복으로 광고하기 어렵지 않을까 생각했지만 사키에 몸에 걸쳐진 그 옷은 세련되고 멋진 외출복으로 보였다.

"인스타에 피드 올라왔을 때부터 사고 싶다고 생각했어요. 판매 당일 10시 정각에 들어가서 샀어요."

그녀가 장난처럼 허리에 양손을 얹고 가슴을 활짝 펴자

스기모토가 '우와!' 하고 탄성을 질렀다.

"내일부터 잘 부탁드립니다."

그렇게 말하며 미소 짓는 사키에의 모습이 뇌리에 박혀 떠나지 않은 채로, 미레이는 설비와 제품 확인을 마치고 백화점 매장을 나섰다.

방금 스기모토가 말한 "여기는 믿으니까 걱정 안 해요"라는 문장 앞에 미레이는 '도와다 씨가 있으니까'라는 괄호 속 문장을 추가했다. 하지만 괄호 속 문장이 '사키에 씨가 있으니까'였다는 현실이 비로소 보이기 시작했다.

뭐라 말할 수 없는, 가라앉은 기분 그대로 호텔로 돌아갔다. 역으로 가는 언덕을 올라가다 '1인 전용'이라고 적힌 카페 간판을 발견했다. 검은 펜으로 오늘의 추천 메뉴를 적어놓은 손 글씨 메모가 비에 젖은 채 얼룩져 있었다. 고개를 수그리고 눈을 가까이 가져가니 비로소 '안개 속의 페이스트리 파이'라고 읽혔다.

"온통 안개 속이구나."

좀처럼 개지 않는 하늘을 올려다보며 중얼거린다. 저녁은 여기서 먹고 갈까, 하고 화살표가 가리키는 골목으로 발길을 옮겼다.

미레이는 우산을 펼치고 나서 지금 막 나온 가게를 다시 한 번 돌아보았다.

"특이한 가게였지만 맛있었다."

주문한 요리의 이름 때문인지 뿌옇던 기분이 조금 산뜻해진 것 같았다. 아직 하늘은 산뜻해질 기미가 보이지 않았지만.

신주쿠역은 지하 감옥이다. 사사오 미나코는 모카색 부드러운 양가죽 백을 어깨에 고쳐 멘다. 네일숍에서 막 받은 펄베이지 네일이 은은하면서도 빛이 나서 미나코의 기분을 밝게 만들었다. 출퇴근 룩은 아이보리와 베이지, 브라운이 무난하면서도 세련된 인상을 준다. 잊지 않고 챙겨 신는 압박 스타킹이 다리를 꽉 잡아주면서 자연스럽게 등이 쫙 펴졌다.

사회생활을 시작한 지 25년이 흘렀다. 학창 시절엔 열정적으로 일하는 커리어우먼의 모습을 동경했다. 사십 대 이후의 내 모습을 그때는 당연히 상상하기 어려웠다. 막연히 아이를 낳아 키우면서 일하는 워킹맘을 생각했을 뿐이다. 하지만 현실의 미나코는 비혼으로 사는 길을 선택했다.

 몇 년 사이 거의 모든 일이 출근하지 않고도 처리 가능하게 변했다. 오늘처럼 고객이 대면 미팅을 꼭 하고 싶다고 말하지 않는 한, 신규 계약마저 요즘에는 원격으로 진행된다. 미나코가 근무하는 보험회사는 생명보험 쪽으론 널리 알려진 기업이다. 팬데믹 이후로 출퇴근을 개인 의사에 맡기는데 웬만한 업무는 재택으로 가능하게 시스템이 잘 갖춰져 있어서 한 달에 한 번 출근할까 말까다. 재택근무를 하는 날에는 종일 파자마 차림으로 있거나 화상 미팅 때 상반신만 옷을 갈아입는 사람도 있지만 미나코는 달랐다. 셔츠나 슬랙스를 입고 가볍게 화장까지 했다. 그것이 업무 모드로 전환하는 스위치 역할을 했다.

 근무 방식을 선택할 수 있게 된 후 편해지긴 했다. 육아는 물론이고 가족을 돌보거나 병원과 관공서 방문, 은행 업무 등도 수월하게 처리할 수 있게 됐다. 출퇴근에 대한 부담과 무의미한 회의, 시간만 소모하는 커피 타임, 마음이 맞지 않는 동료와 점심 식사……. 불필요한 일들로 그동안 얼마나 정신적인 소모가 컸는지 새삼 알게 된 사람들도 많을 것이다. 반면에 동료와 잡담이 줄고 서로 가볍게 고민거리를 털어놓고 의견을 구할 방법이 거의 없다는 사실에 미나코는 관리직으로서 위기감을 느끼고 있었다. 그것은 미나코뿐 아니라 회사 차원에서 차후 해결해야 할 과제이기도 했다.

이처럼 직원들의 일하는 방식이 변화하면서 도심에 있던 사옥은 반년쯤 전에 연안지구의 한 건물로 이전했다. 역에서 도보 15분 정도 걸리는 그 신축 빌딩은 예전 직장보다 공간이 작아지긴 했지만 개인마다 자리가 정해져 있지 않기 때문에 전체적으로 깔끔하게 정돈돼 있다. 천장도 높아서 마치 고급 호텔 라운지 같기도 하다.

회사가 중앙선 근처에 있을 때는 신주쿠역에서 열차를 갈아타곤 했다. 직장인이 된 후 25년간 미나코는 세 번 정도 이사를 했는데 출퇴근의 편리성을 고려해 언제나 신주쿠를 기점으로 집을 골랐다. 그래서일까. 세계에서 가장 승하차객이 많은 걸로 악명 높은 신주쿠역을 그동안 별 어려움 없이 오갔다. 동쪽 출구의 JR 개찰구에서 남쪽 출구까지 최단 거리로 가는 길은 눈감고도 갈 수 있다. 붐비는 지하 상점가를 지나 서쪽 출구로 나가는 작은 계단을 알고 있다는 사실도 미나코의 자랑거리였다.

하지만 몇 년 사이 신주쿠역은 완전히 바뀌었다. 서쪽 출구의 랜드마크였던 백화점 본관이 문을 닫고 일부가 별관으로 옮겨갔다. 서쪽 출구에서 남쪽 출구로 이어지는 거리는 공사 중으로 폐쇄되었다. 동쪽 출구의 개찰구 위치가 바뀌면서 오가는 사람들이 뒤섞여 걷는다. 역 구내에서도 여기저기 공사가 진행되고 있어서 어디를 가든 통로가 좁아져 있었다. 엉킨 동선 때문에 중간에 길 가는 사람들과 잘 부딪쳤다. 미나코는 도쿄에 처음 온 관광객처럼 눈에 힘을 주고 열심히 갈아타는 곳을 찾았다. 그러다 잠깐이라도 멈춰 서면 다른 사람과 부딪쳤고 불쾌감이 밀려왔다. 어느새 오십 가까이 나이를 먹었으니 몸이 둔해지는가 싶기도 하다.

졸업과 동시에 입사한 회사에서 미나코는 법인영업팀에 배치됐다. 월등히 실적이 좋았던 건 아니지만 그렇다고 특별히 나쁜 것도 아니어서 지극히 표준적인 타이밍에 승진을 거듭했다. 가끔 명함을 보고 고객이 "높은 분이시군요." 할 때가 있는데 그때마다 미나코는,

"근속 연수가 길어서 그렇습니다."

그렇게 겉으로는 겸손한 태도를 보이면서도 속으로는 높은 자리에 오른 것 맞다는 사실을 상대가 명확히 알아주

길 바랐다.

지금 미나코의 고객사는 중견 사무기기 업체다. 이 회사 신입사원은 입사와 동시에 모두 미나코네 회사 보험에 가입한다. 강제는 아니라고 하지만 관례라는 이름으로 그들의 선택과 결정을 막아버린다. 정기적으로 오는 만기 때마다 거의 자동으로 갱신 서류에 도장을 찍게 되는데, 그러면서 보험사는 보험 내용의 조율을 제안하거나 그 시점에 가장 미는 상품을 추천하기도 한다.

오늘도 고객인 가나이에게 갱신 계약 인감을 받기 위해 발걸음한 것이다. 가나이도 당연한 듯 관례에 따라 신입사원 때 회사의 추천대로 보험 가입을 한 경우다. 이번 갱신이 처음이니까 입사 6년 차. 졸업 직후 입사했다고 하면 미나코보다 스무 살 아래다. 물론 이런 갱신 서류도 원격으로 처리할 수 있지만 인감이나 서명의 데이터화 같은 번잡한 작업은 고객들이 번거로워한다. 한 번에 끝낼 수 있다는 이유로 대면 미팅을 희망하는 고객이 아직 많은 이유다. 신주쿠에서 민영철도를 타고 역 두 개를 지난 동네의 프랜차이즈 카페에서 만나자고 제안한 것도 고객인 가나이였다.

역 앞에 있는 가게는 한 층짜리 넓은 공간인데 80퍼센트 이상 자리가 차 있었다. 좌석은 1인용이 많고 대다수가 노트북을 들여다보고 있었다. 일하는 방식이 정말 많이 달라졌다는 현실을 눈앞에서 확인한다. 이 가게도 그런 수요를 예상하고 1인용 좌석을 늘리거나 콘셉트를 다시 잡는 등의 리뉴얼을 진행했을 것이다. 카운터에서 주문한 블렌딩 커피를 받아 들고 미나코는 구석 쪽의 2인용 좌석에 앉았다. 약속 시간까지는 15분 정도 남았다. 가죽 백에서 서류를 꺼내 미리 체크한 항목을 다시 눈으로 훑는다.

미나코가 가나이를 만나는 건 처음이었다. 가나이가 신입사원으로 보험에 가입했을 시점에 미나코는 다른 고객사를 담당하고 있었다. 그렇지만 약속 시간 3분이 지났을 때 자동문으로 들어와 여기저기 두리번거리는 남자를 보고, 가나이가 맞을 거라는 확신이 들었다. 미나코는 자리에서 일어서 그의 움직임을 눈으로 따라갔다. 베이지색 면바지에 짙은 감색 패딩점퍼, 스포츠 브랜드의 로고가 들어간 운동화를 신고 있었다.

수년 전이었다면 이런 캐주얼한 옷차림으로 평일 대낮에 카페를 방문하는 젊은 남자는 무슨 일을 하는 사람인지 힐끗힐끗 쳐다보는 사람이 있었을지 모른다. 물론 가나이도 회사에 출퇴근할 때는 마른 몸에 맞는 슈트를 입고 가죽 구두를 신을 것이다. 메일로 갱신 계약을 의뢰하자 '재택근무를 하고 있어서 집 근처로 와주실 수 있나요?'라는 답장을 받았던 터였다.

힐끔힐끔 주변을 둘러보던 남자와 눈이 마주치자 미나코는 가볍게 눈인사를 했다. 그 모습을 보고 그가 미나코 쪽으로 걸어왔다.

"가나이 씨 맞으시죠? 사사오입니다."

인사를 마치고 미나코는 가방 옆에 놓아두었던 작은 꽃다발을 건넨다. 핑크색 장미에 동그란 녹색 잎이 귀여운 유칼리를 섞어 투명한 셀로판지에 싼 꽃다발은 신주쿠 역내 꽃가게에서 산 것이다.

"결혼 축하드립니다."

가나이가 활짝 웃었다. 그가 얼마 전 결혼했다는 정보는 고객사 담당자에게서 입수한 상태였다.

갱신 처리는 별 문제 없이 끝났고 신규 계약을 추가하는 데도 수월하게 성공했다. 결혼을 계기로 라이프스타일을 재구축하길 권하자 가나이는,

"가정이 생겼으니 보험을 좀 더 촘촘하게 설계할 수 없

않고 취미의 연장으로 시작한 일이었기에 시간을 들여 정성껏 만든 것이 비결이라면 비결이었다. 그만큼 엄마가 만드는 빵은 믿을 만하다는 입소문이 퍼졌고 판매 때마다 순식간에 완판이 됐다.

그러다 아버지와 주변 사람들의 권유에 힘입어 아예 가게를 열게 되었다. 처음엔 주말에만 문을 열었지만 차츰 이름이 알려지면서 평일에도 운영했다. 엄마는 환갑을 넘긴 나이에 혼자 일하는 것이 벅찼던 참이었다면서, 실직한 미하루를 위로하려는 의도도 있었는지 모르겠지만 어쨌든 공동 운영을 제안했다.

그랬던 엄마가 구순의 외할아버지와 외할머니를 돌보기 위해 친정 본가로 돌아간 것이 5년쯤 전. 이미 은퇴한 아버지도 곧 뒤따라 시골로 가고 결국 르시엘은 미하루 혼자 맡게 됐다. 이참에 도쿄 본가까지 완전히 정리한 미하루는 가게 근처 아파트로 이사했다.

르시엘이 임대 중인 점포는 원래 도로 확장공사 계획이 잡혀 있는 곳으로 계약 기간이 15년이었다. 물론 그만큼 임대료가 저렴하기도 했다. 안 올 것 같았던 15년 계약 만기가 바로 지난해였다. 다만 팬데믹으로 공사가 지연되면서 점포 계약 기간도 1년 연장되었다. '진짜 최종' 계약 만기인 내년 3월은 착착 다가오고 있다. 가게 이전할 곳을 찾아보고는 있지만 바쁘다는 핑계로 제대로 알아보진 못했다. 혼자 가게를 운영하게 된 후 미하루는 제품 수를 줄이고 식사 대용인 빵 종류를 메인으로 판매했다. 그래도 맛만은 변함이 없도록 엄마의 레시피와 공정을 충실히 지켰다.

"안녕하세요."

오픈 시간인 오전 8시를 정확히 20분 넘겼을 때 매일 아침 얼굴을 비추는 사람은 근처에서 혼자 사는 할머니다.

"안녕하세요. 오늘은 쌀쌀하네요. 오후부터 비가 온대요."

할머니가 그날의 날씨 대화부터 시작해 전날 샀던 빵 이야기 그리고 준비할 점심 메뉴, 떨어져 살고 있는 딸과 손주로 화제를 옮기고 슬슬 집으로 돌아가는 게 늘 있는 패턴이다. 그런 단골손님들과의 관계 속에서 지금까지 미하루의 일상이 꾸려져왔다.

날씨가 나쁜 것에 비해서 손님이 많은 날이었다. 가게 문을 닫는 오후 6시가 되기 전에 오늘 구운 빵을 전부 팔았다. 완판이 되어 문을 일찍 닫는다는 내용의 간판을 밖에 내놓고 날이 어두워지기 전에 집에 간다. 장맛비처럼 추적추적 계속 비가 내리고 있었다. 우산을 쓴 사람들로 북적이는 큰길가를 피하고 싶어 평소 걷지 않는 도로를 지나서 간다.

  좁은 골목을 지나는 사이 작은 간판이 나와 있는 사실을 알아차린다.
'1인 전용 카페 도도'
"이런 곳에 카페가 있네?"
  비교적 가까운 곳에서 가게를 하고 있지만 매일 가게와 집만 오가는 탓에 근처에 뭐가 있는지 의외로 잘 모른다. 간판에는 오늘의 추천 메뉴가 적혀 있다.
'안개 속의 페이스트리 파이.'
  안개 속……. 눈앞이 보이지 않는 내 상황을 누군가 지켜보는 걸까. 가슴이 철렁한다. 집 냉장고 안에는 딱히 먹을 것도 없다. 이런 날은 외식도 괜찮지, 하고 골목 안으로 들어선다.

  카페 안에는 세 명의 손님이 카운터 자리에 앉아 있었다. 모두 여자 손님이다. 곱상하지만 약간 서늘한 외모, 그러나 표정은 부드러운 키 큰 남자 주인장이 "어서 오세요." 하면서 중간 정도 자리를 제안한다. '1인 전용 카페'라는 문구대로 손님들은 모두 혼자서 방문한 듯 특별히 눈에 띠

게 대화를 나누는 사람도 없다. 가끔 단골인 듯 구석에 앉은 노년의 여자 손님이 주인에게 말 거는 게 들리는 정도다. 가게 안에 대화가 전혀 없었다면 오히려 적막한 긴장감이 감돌았을 텐데 마침 잘 어울리는 BGM을 대신하는 느낌이기도 하다.

가볍게 카운터의 손님들을 둘러보니 다들 파이 요리를 앞에 놓고 포크와 나이프를 움직이고 있다. 오늘의 추천 메뉴인 '안개 속의 페이스트리 파이'로 보인다. 그나저나 뭐가 안개일까? 미하루는 주문한 요리가 나오기를 즐거운 마음으로 기다렸다.

"핫플레이스네요."

무쓰코가 소로리에게 눈길을 주며 작은 목소리로 말한다. 카페 도도의 의자 다섯 개가 전부 차 있다. 무쓰코 외엔 모두 처음 방문한 손님인 듯 들어온 직후엔 좀 긴장한 모습이었지만 가게 분위기에 마음이 놓였는지 조용히 식사하면서 각자 자신을 응시하고 있다.

"이런 날씨엔 야외 자리에 손님을 맞을 수 없어서요."

덥수룩한 헤어스타일의 소로리가 난감한 표정으로 무쓰코를 쳐다보다 고개를 숙였다. 카페 도도에 처음 온 지 얼마나 됐을까. 3년 전이었나. 머릿속으로 날짜를 헤아린다. 텍스타일 디자이너인 무쓰코는 한 호텔의 패브릭과 비품의 토털 디자인을 맡아 진행하고 있다. 2년 전 오픈한 도심형 호텔에서 무쓰코가 작업한 디자인이 많은 화제를 모았는데, 그 후로 비슷한 콘셉트의 숙박시설이 오픈하거나 리뉴얼 작업을 할 때 프로듀싱이나 감수 의뢰를 받는 일이 늘었다. 무쓰코가 현재 함께 일하는 쓰지이가 근무하는 호텔도 가족 단위 고객을 위한 고급 리조트로 인기를 끌다가 최근에 객실 일부를 싱글 대상으로 리모델링했다.

"덕분에 이번 달은 예전 매출을 회복했습니다."

체크인을 위해 줄을 선 리셉션의 떠들썩한 소리가 들리는 가운데 쓰지이가 눈동자를 반짝이며 만족스러운 듯 말했다. 지난번 화상 미팅에서 고객들이 인증샷을 찍을 때 배경으로 등장하는 객실 패브릭 보드에 대한 호평이 자자하다며 그 디자인을 추가해달라고 했다. 이번 미팅에서는 커피의 드립백 패키지 디자인도 새로 의뢰했다. 드립백은 원래 객실에 놓아두었는데 1층 굿즈숍에서 사 가는 사람들도 많아서 다양한 원두 종류를 갖추기 위해 의뢰하는 거라고 설명했다.

"무쓰코 씨의 디자인 패키지니까 고객들이 갖고 싶어 하는 거겠죠. 그냥 쉬기 위해 방문하는 고객들에게도 인기가 아주 많아요."

아직 삼십 대인 쓰지이가 매끈한 차콜그레이 셋업 차림으로 등을 쭉 폈다. 일흔 살을 넘긴 무쓰코 입장에선 거의 손주라 할 만한 나이 차이지만 일을 할 때 그런 계산은 전혀 하지 않는다. 어디까지나 거래처 담당자 중 한 사람이다.

그럼에도 문득 자신의 나이를 생각하면 실무자들과의 여러 간극을 고민하지 않을 수 없다. 디자이너로서 유행에 대한 감도는 끊임없이 끌어올리고 있고 본래 새로운 것에 대한 호기심도 크다. 그러나 SNS나 끝없이 개발되는 디지털 툴을 매순간 사용하는 세대의 관심사가 변화하는 속도를 따라가려고 하면 숨이 찰 정도다. 당연히 예전처럼 잡지나 인터넷으로 뉴스를 보는 정도로는 부족하다. 간신히 새로운 것 한 가지를 습득하고 나면 눈 깜짝할 사이에 과거의 유물이 된다. 그 흐름에 일일이 대응하는 건 더 이상 불가능하다고, 두 손 들고 싶은 마음도 든다.

얼굴을 드니 부엌 기둥에 걸려 있는 그림에 눈길이 간

다. 이전에 무쓰코가 그린 도도새 일러스트다. 도도는 날개가 작아서 날지 못한다.

'날지 못하는 새.'

무쓰코는 한숨을 쉰다.

그러고 보니 벌써 몇 년째 비행기를 타지 않았다. 젊은 시절엔 디자인 공부를 위해, 시야를 넓히기 위해, 당연히 쉬기 위해서도 국내외를 불문하고 여기저기 많이 다녔다. 하던 일이 마무리되면 열심히 일한 자신에게 주는 선물로 여행을 떠났다. 그런 즐거움을 기대하며 일하던 시기가 있었다. 나이나 시간 등 물리적 사정뿐 아니라 무쓰코는 무엇보다 의욕이 사라진 걸 느낀다. 여행하고 싶다는, 끓어오르는 욕망을 어느새 더 이상 갖지 않게 되었다. 무쓰코의 시선이 다시 부엌 쪽을 향했고 액자 속 도도새와 다시 눈이 마주쳤다.

"날지 못하는 새는 바로 나구나."

중얼거리고 나니 쓴웃음이 새어 나왔다.

"네?"

무쓰코의 목소리에 소로리가 고개를 돌렸다.

"아, 미안해요. 혼잣말."

어깨를 움츠린 후,

"나도 오늘의 추천 메뉴 부탁할게요."

그렇게 주문을 한다. 방문한 손님들은 모두 주문을 마쳤고 벌써 식사를 마친 사람도 있었다.

"네. 안개 속의 페이스트리 파이 말씀이시죠?"

소로리가 느긋하게 주문 내용을 반복한다. 낯을 가리면서도 풍기는 인상은 부드럽다. 키도 크고 모두가 한 번쯤 돌아볼 만한 수려한 외모, 약간 몽환적인 분위기……. 신비로운 촛불이 조용히 흔들리며 안을 밝히는 가게, 낡아 보이지만 깨끗하게 관리된 주방 도구와 물기 없이 반짝반짝 빛나는 식기가 가지런히 놓여 있는 부엌. 이 가게와 주인장을 만나 마음의 안정을 찾은 사람은 많을 것이다. 과장이 아니라 진심으로 구원받았다고 느끼는 사람도 있을 것이다. 자신도 그중 한 사람이라고 생각하며 무쓰코는 페이스트리 버터의 고소하고 달콤한 냄새를 코로 흠뻑 들이마신다. 따끈한 파이는 구워진 색감이 노릇노릇 훌륭하고 끝부분은 진한 갈색이다. 바삭한 파이 겉 부분을 포크로 찍으니 모락모락 수증기가 올라왔다.

"와아."

자기도 모르게 탄성을 질렀다. 그러자 소로리가,

"안개 저편엔 또 다른 안개가……."

마치 뭔가 주문을 외듯 중얼거린다.

"네?"

이 가게의 메뉴 이름은 언제나 함축된 뜻을 품고 있어서 재미있다. 이렇게 메뉴가 가진 숨은 이야기를 듣는 것도 즐거움 중 하나인데, 유래를 듣고 나면 자신의 현재 심경에 딱 들어맞는 이야기라서 놀라기도 한다. 소로리는 사람의 마음을 볼 수 있는 마술사가 아닐까 싶어 뿔테 안경 속 그의 크고 검은 눈을 응시하게 된다. 파이를 새하얀 스튜가 감싸고 있다. 일반적인 화이트 스튜지만 재료가 모두 부드러운 크림색으로 통일돼 있다. 뭉근하게 끓인 양파에 하얀 양송이버섯, 포슬포슬한 감자가 섞여 하얗고 맛있는 세계를 만들고 있었다.

"새하얗네요."

무쓰코가 눈웃음을 짓자,

"네, 안개 속입니다."

수증기 저편에서 소로리가 가슴을 펴고 말했다.

무쓰코와 소로리의 대화를 듣고 있던 손님들이 동시에

아 역시, 하면서 고개를 끄덕였습니다. 한순간에 가게 안의 분위기가 포근해집니다.

"바삭한 파이를 스튜에 적시면서 먹으니까 맛있네요."

한 손님이 그렇게 말하자,

"맛이 진하고 깊어서 오늘처럼 쌀쌀한 날 먹으면 컨디션 회복에 좋을 듯해요."

방금까지 침울한 표정을 짓고 있던 다른 손님이 미소를 보이며 말합니다.

소로리도 고심해서 지은 메뉴 이름의 유래가 잘 전달된 게 기쁜 거겠죠. 자기 나름대로 빠릿빠릿 움직이는 모습에서 기분 좋은 충만함이 전해져옵니다. 우유뿐 아니라 두유도 첨가해서 너무 느끼하지 않게 맛을 조절할 수 있었다는 둥, 이런저런 설명을 하면서도 눈으로는 무쓰코의 손길을 따라가고 있습니다.

"아, 나이프가 있는 편이 나았겠네요."

당황한 소로리가 부엌 서랍을 부스럭부스럭 뒤지지만 쓸 만한 걸 찾지 못하고 있습니다.

"괜찮아요."

무쓰코의 따뜻한 목소리가 가게 안에 부드럽게 울려 퍼집니다.

그러자 손님 중 한 분이,

"괜찮으시면 이거 쓰세요."

그러면서 가죽 가방에서 연필 정도 길이의 나이프를 꺼냈습니다. 칼집이 있는 작은 빵칼입니다. 베이커리를 운영하는 분인 듯, 마침 칼을 갈려고 맡겨놓았다가 찾아오는 길이었다고 합니다.

"저희 가게에 몇 개 더 있어요."

당분간 카페 도도에 빌려주실 모양입니다. 근처니까 다시 가지러 올게요, 라며 미안해하는 소로리에게 말을 건넵니다. 이런 일이 종종 일어나는 것도 이 가게만의 달콤한 특징이겠죠.

안개 속에 있는 모두의 마음이 언젠가는 화창하게 갤까요? 그런 날이 오기를 저는 이 부엌에서 간절한 마음으로 기다리기로 합니다. 몸을 돌린 소로리가 이쪽을 보았습니다. 미소를 띤 눈빛이 조금은 쓸쓸해 보입니다. 어쩌면 소로리도 다시 안개 속에 있을지 모르겠습니다.

밖의 비는 그칠 기미가 없습니다. 밤이 조용히 깊어갑니다.

cafe dodo

 여름이 힘든 소로리입니다. 방금까지 물이 말라버린 꽃병의 꽃처럼 시들시들한 상태였는데 저녁이 되어 간신히 회복되었습니다. 무거운 허리를 들어 올려 준비 작업에 들어갔나 싶더니 노트북을 가지고 밖으로 나갔습니다. 이렇게 더운데 무슨 일일까요? 그나마 나무 그늘은 바람이 통하니 나름 시원할지 모르겠습니다. 마당의 벤치를 나무 그늘로 옮긴 덕분에 부엌 구석에 있는 이 자리에서도 소로리의 모습이 잘 보입니다. 노트북 화면에는 불꽃 영상이 흐르고 있습니다. '무념무상의 상태에선 불도 시원하게 느껴진다'는 격언도 있지만 설마 글자 그대로 받아들이는 건 아니겠죠.

 소로리는 인터넷으로 장작불 영상을 보고 있습니다. 그렇군요. 불꽃의 흔들림은 마음을 차분하게 만드니까요. 그는 정확히 알고 있습니다. 자기 자신을 편안하게 만드는 방법을, 도시의 숲속 생활을 거치며 몸으로 체득한 거죠.

☕

 추울 정도로 에어컨이 빵빵하게 틀어진 지하철 안에 외국인들이 한 무리 탑승했다. 사람들의 훈김이 가득한 가운데 그들이 끌고 있는 트렁크는 초등학생 아이도 들어갈 수 있겠다 싶을 만큼 크다. 끌고 있는 이들도 모두 덩치가 컸다. 눈에 보이는 광경을 신기하게 느끼며 미레이가 도쿄는 다르구나, 생각한다. 열차 안의 밀도가 높아지고 온도가 올라갔다. 미레이는 목에 두르고 있던 투명한 느낌의 여름 니트 소재 숄을 벗는다. 회사 브랜드 후구fugu 제품이다. 민트색 반팔 니트에 땀이 번졌다.

 지하철에서 내려 사람들 흐름을 따라 개찰구로 이어지는 상행 에스컬레이터를 탄다. 한쪽을 비우지 말고 두 줄로 타라는 안내방송이 계속 흘러나오는데도 불구하고 여전히 오른쪽이 텅 빈 채로 사람들을 실어 나른다. 한쪽이 무의미하게 비워진 채로 에스컬레이터가 움직이는 가운데 서 있는 사람들은 모두 같은 각도로 스마트폰에 눈을 떨구고 있다. 이런 순간에도 정보를 찾아야 할 정도로 바쁠 리는 없다. 온라인게임이나 SNS를 확인하는 데 여념이 없을 뿐이다. 무료함을 달래기 위해 미레이도 가방을 뒤지는 사이 개찰구가 있는 층에 도착했다.

 개찰구를 빠져나오자 스마트폰을 보느라 천천히 걷는 앞사람과 부딪칠 뻔한 순간 몸을 피했는데 등에 작은 배낭을 메고 있던 젊은 남자는 스마트폰에 시선을 고정한 채로 미레이가 살짝 노려보았다는 사실도 알아차리지 못한다. 미레이는 마음속으로나마 엄격한 군기 반장이 되어본다. 물론 타인의 잘못된 행위를 지적하거나 주의를 주는 일을 실제 행동으로 옮기지는 않는다.

 터미널 역에서 무난히 열차를 갈아타고 예상보다 빨리 행사장과 가장 가까운 역에서 내렸다. 시간적 여유를 확인하고 간신히 패스트푸드점에 앉아 미레이는 초콜릿색 핸드백에서 화사한 핑크색 수첩을 꺼낸다. 작년 말에 인터넷으로 운세를 봤는데 올해 행운의 색이라고 적혀 있던 이 색깔의 수첩을, 서점 안의 잡화 매대에서 발견하고 주저

없이 구매했다. 월간 스케줄표는 반년 뒤까지 일정이 꽉 차 있다. 전국의 도시를 중심으로 진행하는 특판 이벤트는 월 1회 정도로 보통 열흘간 열린다. 집기 설치와 이동 시간 등을 고려하면 한 달에 절반은 출장인 셈이다. 최근엔 도쿄 인근에서 행사가 계속 이어져 도쿄에서 머무는 날이 늘었다. 이런 상황이라면 도심에 작은 방이나 월세 아파트라도 마련하는 편이 낫지 않을까 생각하지만 연고도 없이 떠도는 것도 불안해서 좀처럼 결심이 서지 않는다.

세 살 위의 언니는 얼굴도 성격도 미레이와 다르다. 언니는 아버지, 미레이는 엄마를 닮았다는 말을 많이 들었다. 하지만 언니는 견실한 교사였던 아버지와 달리 미디어 관련 회사에서 학창 시절 아르바이트를 하다 그대로 취업했다. 해외 출장 중에 알게 된 네덜란드인과 교제하다 바로 결혼해서 지금은 네덜란드에서 살고 있다.

자유롭게 살아가는 언니의 모습을 동경하기도 하지만 부러워한 적은 솔직히 없다. 많은 걸 선택한다는 것은 그때마다 이거다, 하고 스스로 가려낼 필요가 있다는 의미다. 엄마가 된 지금은 어떤지 알 수는 없지만 젊었을 때는 언니가 고민하는 모습도 여러 번 보았다. 미레이는 스스로 선택해가는 도전적인 인생보다 앞날이 어느 정도 보이는 편이 훨씬 살기 수월하다고 생각했다. 그렇다고 전업주부인 엄마가 롤모델인가 하면, 또 그건 아니다. 물론 두 아이를 키우고 가정을 꾸려온 엄마에 대한 존경심은 있지만 아무 의심 없이 가정을 지키는 인생이 정답이라고 생각할 수는 없었다.

삼십 대 후반이 된 지금 본가에서 생활하는 자신이 자립하지 못한 미성숙한 인간으로 보일지 모른다. 하지만 언니가 본가를 떠나고 남겨진 부모님은 서서히 늙어간다. 함께 살아가는 게 허락된 시간 동안은 지금처럼 지내는 것도 좋다. 미레이는 미지근한 온탕 같은 지금의 편안한 환경이 좋아서 나올 생각이 없는 걸까? 좀 더 뜨거운 물 속에 들어가고 싶지만 용기가 없는 걸까? 그 어느 쪽도 아닌 것 같기도 하다.

왼쪽 2인석 자리에는 50대 전후로 보이는 남녀가 서로 마주 앉아 있다. 둘 다 정장 차림인데, 테이블의 커피에 입도 안 댄 채 열어놓은 노트북 화면을 보며 여성이 막힘없는 말투로 이야기를 진행하고 있었다. 들으려고 한 건 아닌데 대화가 들려서 생명보험 상담 중인 걸 알게 됐다. 얼핏 눈을 돌려보니 여성은 말끔하게 정돈된 누드톤의 윤기 나는 네일을 컴퓨터 화면에 대면서 고객으로 보이는 남자를 똑바로 쳐다보고 있었다. 온몸에서 자신감이 흘러넘치는 모습에 문득 언니가 떠올랐다. 언니는 실패를 두려워하지 않고 언제나 진취적으로 자기 인생을 개척했다. 어떤 어려움이 있어도 자신이 정한 길을 끝까지 가는, 그런 힘을 갖고 있었다. 공부도 꽤 잘했던 언니가 고향의 명문고를 중퇴하고 국제학교로 옮긴 것도 자기 의지로 내린 결정이었다. 처음엔 걱정하던 부모님도 언니가 도쿄의 사립대학에 입학하자 진심으로 기뻐했다. 자신은 언니처럼 도무지 될 수 없다. 미레이는 주저 없이 고향 집과 가까운 지방 대학을 선택했다.

벽을 따라 배치된 소파 자리에는 아까부터 젊은 커플이 나란히 앉아 있었다. 바스켓 가득 쌓여 있는 감자튀김에 손은 뻗는데 대화 소리는 들리지 않는다. 미레이는 수첩에 적혀 있는 스케줄을 손가락으로 짚으면서도 말 없는 커플이 괜히 신경 쓰인다. 싸우기라도 한 걸까, 아니면 이별 이야기인가? 그런 내밀한 속사정까지 억측하면서 아무렇지도 않은 척 고개를 든다.

오른쪽에 앉아 있는 남자는 고개를 떨군 채로 있고 옆의 여자가 테이블에 팔꿈치로 턱을 괸 채 남자의 정수리 부분을 멍하니 바라보고 있었다. 역시나. 미레이는 상황을 파악하고 괜한 걱정을 했다며 다시 수첩의 페이지를 들추었다. 남자는 스마트폰으로 뭔가를 검색하거나 단순히 인스타그램을 들여다보는 건지, 아무튼 작은 화면에서 눈을 떼지 않는다. 여자는 그 모습을 그냥 보고 있다. 불만은 있겠지만 화를 낼 만한 일도 아니라고 지레 포기한 것 같다.

'그럴 거면 스마트폰이랑 사귀지? 모처럼 함께 보내는 시간일 텐데 남의 게시물 보는 게 좋으면 인스타랑 데이트라도 하든가……'

또다시 마음속 군기 반장이 얼굴을 내밀고 싶어 한다. 이제 가봐야겠다, 하고 시간을 확인하기 위해 가방에서 스마트폰을 꺼낸다. 결국 자신도 이 작은 단말기 없이는 살아갈 수 없다고 생각하니 미레이는 진절머리가 났다.

행사는 백화점과 전시회장에서 개최되는 경우가 많은데 오추겐(음력 7월 15일 무렵, 지인에게 선물을 보내는 풍습이 있다-옮긴이) 대목인 이 시기는 백화점 행사를 잡기가 어렵다. 다행히 소소하지만 꾸준히 마케팅과 홍보를 해온 결과 후구fugu의 인지도가 높아지면서 개인 로드숍이나 쇼핑몰 등에서도 이벤트 제안이 들어오기 시작했다. 대형 매장과 달리 수익 면에서는 큰 기대를 하기 어렵지만 단골이 많은 매장이라면 취향이 확실한 고객들에게 직접적으로 어필할 수 있다는 이점이 있다. 인플루언서가 SNS에 소개할 가능성도 있어서 예상치 못하게 인지도를 끌어올리는 기회도 된다. 행사를 총괄하는 스기모토에게 그런 이야기를 들을 때마다 굉장하다는 생각이 드는 한편 이런 활동이 수익으로 연결되는 것도 스마트폰 덕분인가 새삼 놀라게 된다.

내일부터 시작되는 이벤트 장소는 도쿄의 주택가에서 개인이 운영하는 쇼룸이다. 눈썰미 좋고 스타일리시한 오너가 꾸리는 걸로 유명하다고, 특유의 높은 목소리를 한층 더 높이며 스기모토가 흥분해서 이야기했다. 니트 제품은 여름 매출이 상당히 떨어진다. 니트의 메인은 겨울용 스웨터다. 그래도 이렇게 색다른 장소에서 판매함으로써 새로운 판로를 개척할 수 있으면 좋겠다는 기대를 한다. 이벤트 기간은 열흘, 자사의 니트 제품과 가죽공예 작가의 작품이 함께하는 콜라보 팝업이라고 한다.

가죽공예라고 해서 가방이나 구두가 품목인가 생각했는데,

"나오에 가죽연구소라는 곳인데 거기 작가님의 오브제가 아주 유명해요."

그렇게 말하며 도대체 어디에 두는 물건인가 고개를 갸웃하게 되는 사슴 같은 동물 모양의 장식품과 깔개 사진을 몇 장 보여주었다. 그나저나 가죽을 연구한다는 게 과연 어떤 의미일까. 거창한 이름 앞에서 또다시 고개를 갸웃한다.

"나오에 가죽연구소의 작품은 고가에 거래돼서 리셀 방지 대책으로 구매자들은 개인정보도 제공해야 한대요."

당연히 후구fugu에는 그런 정보가 필요 없다고 덧붙이고 나서, 스기모토는 "아무튼 대단한 작품"이라고 눈을 반짝이며 설명했다.

지하철역에서 큰길로 나간다. 커다란 간판이 서 있는 공원 모퉁이를 돌자 한산한 주택가로 들어선다. 20분쯤 걸었을까, 복잡한 길 한 모퉁이에 입구가 유리문으로 된 건물이 보인다.

"여기구나."

노출 콘크리트 외벽과 철근 골조에 커다란 통창이 돋보이는 외관이 마치 미술관 같았다. 그러나 역에서 멀어서 접근성이 좋다고 하긴 어렵다. 눈썰미 좋은 주인이 셀렉한 제품이라면 온라인으로도 판매가 괜찮을 텐데 구태여 쇼룸까지 오는 고객이 많을까. 특별히 좋아하는 단골만 찾아오는 공간인가. 이런저런 상상 끝에 미레이는 얼굴을 찌푸린다.

햇빛 가리개를 내려놓은 유리문 입구에 'Closed' 팻말이 걸려 있고 그 밑에 내일부터 시작되는 팝업 안내가 게시돼 있었다. 심플한 서체와 사진으로 꾸며놓으니 평소 익숙한 제품인데도 세련되면서도 특별한 제품처럼 보였다. 가게 안의 떠들썩한 목소리가 바깥까지 들렸다. 들떠서 담소를 나누는 여자들의 목소리는 미레이의 발걸음을 얼어붙게 한다.

백화점 행사는 규모가 큰 만큼 불특정 다수의 고객을 상대하는 일이라 오히려 마음이 편했다. 구매 계획 없이 어슬렁거리는 고객에게 제품을 설명하는 일은 일종의 홍보 활동이라는 자부심도 있고 재미도 느낀다. 하지만 이런 개인 쇼룸은 자기만의 취향이 확실해서 상대적으로 까다롭고 예민한 고객들이 찾아온다. 고객의 프라이드에 상처 입히지 않고 너무 나대는 일 없도록 상황을 살피며 응대하는 일은 엄청나게 피곤하다. 경험치가 아무리 쌓여도 익숙해지지 않는다.

아, 어렵다. 미레이는 마음속으로 피곤함을 느끼며 일단 질끈 감았던 눈을, 숨을 토해냄과 동시에 번쩍 뜨고 유리

문을 밀었다. 문은 겉보기만큼 육중하지 않았고 소리 없이 움직였다.

"안녕하세요."

최대한 미소를 쥐어짜며 밝게 인사를 하자 가게 중간쯤에서 집기를 사이에 두고 서서 이야기를 나누던 쇼룸 직원이 일제히 이쪽을 쳐다보았다.

"수고 많으십니다. 잘 부탁드립니다."

그중 왜소한 몸집에 머리를 숏컷으로 자른 은발의 여성이 당당한 발걸음으로 미레이 쪽으로 다가오더니 정중하게 인사를 했다. 올블랙의 심플한 착장이 무척 세련되어 보이는 이 여성이 소문으로 듣던 쇼룸 대표인가, 당황해서 "도와다입니다"라고 회사명과 이름을 말한다.

"멋진 공간이네요. 이런 곳에서 저희 제품을 판매하게 되어 영광입니다."

스기모토가 기뻐하는 얼굴을 상상하면서 말을 건넨다. 정작 스기모토는 내일 행사 오픈 때 인사 겸 얼굴을 비출 거라는 얘기를 들었다.

"벌써 세팅도 끝났네요. 멋지게 세팅해주셔서 고맙습니다."

가게 안은 천장이 높고 회반죽을 바른 하얀 벽으로 둘러싸여 있다. 상설 집기도 백화점 비품 같은 무기질의 느낌과는 차원이 다르다. 해외의 빈티지 가구를 들여온 듯 특별한 국적을 알 수 없는 묘한 분위기지만 그렇다고 잡다한 느낌은 들지 않는다. 오히려 개방감 있고 화보 같은 인상을 받았다. 이번에 판매하는 상품은 이미 옷걸이에 걸려 있거나 선반 위에 놓여 있었다. 미레이가 판매에는 동참하지만 세팅은 쇼룸 측에 일임한다. 다만 사전에 방문해서 제품이 놓여 있는 상태나 가격표 등에 미비한 점은 없는지 확인하고 가게 안의 동선이나 피팅룸 공간 등을 미리 파악한다.

"네. 마침 사키에 씨가 아침부터 나와줘서 아주 큰 도움이 되었어요."

미사카라는 은발의 오너가 친근한 미소를 보이며 가게 안쪽으로 몸을 돌린다. 그곳에 프리랜서 판매원인 사키에가 작게 손을 흔들며 서 있었다. 사키에? 창고에서 작업을 하고 있었던 듯 사키에는 포개놓은 종이상자 더미를 안고 이마의 땀을 닦았다.

"미레이 씨."

쇼룸 직원이 상주하기 때문에 이번에는 미레이네 회사에서 판매원을 고용할 필요가 없다. 사키에는 이 쇼룸의 일을 자주 도와주었던 걸까.

"이거다, 싶은 팝업에는 사키에 씨 손을 빌릴 때가 많죠."

친한 회사나 쇼룸에서 직접 의뢰를 받을 때도 있다고, 전에 사키에가 이야기했던 걸 떠올린다. "사키에 씨가 있으면 이벤트 진행이 안정적이거든요. 사키에 씨 때문에 일부러 찾아오는 손님도 있어요."

눈썰미 좋기로 평판이 자자한 미사카에게도 전적인 신뢰를 받는 듯 보인다.

"아유, 무슨 말씀이세요. 저는 그냥 이곳이 좋으니까 무조건 달려오는 거죠."

사키에는 과장되게 겸손을 떤 후,

"더욱이 이번엔 후구fugu의 니트와 나오에 가죽연구소 콜라보 팝업이라고 하니까 너무 좋아서, 제가 먼저 손을 번쩍 든 거예요."

그러면서 화사하게 눈을 반짝였다.

"사키에 씨는 나오에 씨 작품도 많이 갖고 있잖아요."

오너인 미사카가 감탄한 듯 말하자,

"네. 이 오브제도 저희 집 현관에 있어요."

사키에가 전시회장 한가운데 전시된 사슴 모양의 장식품을 가리킨다. 지난번에 스기모토가 사진을 보여주었을 때 '이런 물건은 도대체 어디에 쓰는 걸까' 미레이가 의아하게 생각했던 작품이다. 어느 정도 크기인지 감이 없었는데 실제로 보니 허벅지 높이로 상당히 컸다.

"이벤트 기간 내내 계속 일하시는 거예요?"

미레이가 묻자,

"네. 내일부터 열흘간 휴일 없이요."

그러면서 두 주먹을 불끈 쥐어 보이며 웃는다.

"준비하는 날부터군요. 힘드시겠어요."

"사키에 씨는 늘 이렇게 전날부터 도와줘요. 그런데 준비하는 날에 일당을 안 받으려고 해요."

점주인 미사카는 은발을 귀 뒤로 넘기면서 눈을 동그랗게 떴다.

"제가 그냥 온 거잖아요. 방해될 수도 있는데 뻔뻔하게 그냥 온 거예요."

그러고 보니 전에도 미레이가 백화점에서 행사 준비를 하고 있을 때 사키에는 쇼핑 나온 김에 들렀다면서 얼굴을 비춘 적이 있다.

"역시 마음가짐이 예사롭지 않다니까."

미사카가 치켜세운다. 서로 편안해진 분위기에 미레이만 녹아들지 못한 채 소외감을 느끼고 있었다. 마음이 편치 않은 원인을 계속 찾다 보니 사키에에 대한 질투 때문이라는 데 생각이 미친다. 하지만 바로 인정하기도 두렵다. 미레이는 깊은 한숨을 토해냈다. 무엇을 입어도 어울리는 외모에 낯가림이 없는 성격, 일 처리도 빠릿빠릿하고 빈틈이 없다. 어찌할 수 없는 기분이 마음속에서 소용돌이친다.

그 가게에서 파는 오늘의 추천 메뉴는 뭘까. 자연스럽게 발길은 예전에 갔던 1인 전용 카페로 향했다.

☕

의뢰받은 시즌 아이템의 디자인을 보내고 난 후, 자연광이 들어오는 무쓰코 아틀리에 내부는 화사하게 밝다. 환기를 시키려고 유리창 문을 여니 뜨거운 바람이 들어와서 황급히 다시 닫는다. 시계가 벌써 밤의 시작을 알려준다. 정말? 깜짝 놀랐다.

요 며칠 붙들고 있던 일이 일단락되어 가벼운 기분으로 카페 도도를 향해 걷는다. 오늘의 추천 메뉴에 '견디기 힘든 마음에 뚜껑을 덮는 커스터드푸딩'이라고 적혀 있는 걸 확인하고 어떤 요리일까, 언제나처럼 상상을 해본다. 가게로 이어지는 골목길을 따라 걷는데 작은 숲으로 에워싸인 마당에 놓인 테이블에 젊은 여자 손님이 앉아 있었다. 이 더운 날씨에 밖에서 식사하는 사람이 있네, 속으로 놀라면서 인사를 건넨다.

"안녕하세요."

가게 문 손잡이를 당기자 딸랑, 하고 작게 방울 소리가 울렸다.

카운터 안쪽에서 주인인 소로리가 얼굴을 돌리며 "아, 무쓰코 씨"라고 중얼거리더니 순간 송아지같이 크고 검은 눈을 끔벅였다. 금방이라도 울 것 같은 표정의 이유를 바로 알았다.

"만석이구나. 다음에 올게요."

그래서 바깥 테이블에까지 손님이 앉아 있었던 거다.

"죄송해요. 좀 있으면 자리가 날지도 모르는데요······."

소로리가 가게 문을 나서려는 무쓰코의 뒤를 따라 나오더니 다른 손님들을 배려해 작은 목소리로 말한다. 소로리의 말에 카운터석을 빙 둘러보았지만 어느 손님도 금방 자리를 비울 기척은 없어 보인다.

"괜찮아요. 괜찮아. 그냥 들러본 거니까."

또 올게요, 하고 가볍게 손을 흔들고 가게 문을 나섰다.

카페 도도에 올 때는 늘 역에서 이어지는 대로변을 걷는다. 그러고 보니 좁은 뒷길로는 지나간 적이 없다. 산책도 할 겸 잠깐 도전, 하면서 평소 안 가던 길을 걷다 보니 바람이 무쓰코의 뺨을 어루만졌다.
"기분 좋다."
간신히 해가 지기 시작하니 공기가 살랑살랑 기분 좋게 느껴진다. 여름 저녁도 나쁘지 않다. 아직 미적지근한 바람을 맞으며 무쓰코는 천천히 걷는다.

어떻게 계속 꾸려나가는 걸까? 지나가는 사람조차 걱정하게 되는 허름한 담배 가게 앞에 주인으로 보이는 나이든 남자가 허리춤에 손을 얹고 따분한 표정으로 거리를 쳐다보고 있었다. 무쓰코의 얼굴을 보더니 험악하게 인상을 구긴다. 그 옆의 낡은 세탁소도 떨어질 듯 간신히 붙어 있는 가게 앞의 전단지가 영업 중임을 알린다. 조금 더 걸어가니 이 거리에 어울리지 않게 멋지게 꾸민 가게가 나타났다. 초콜릿색 외벽에 영국 앤티크 스타일의 현관문이 마치 외국 소설에 등장하는 바 같은 운치를 자아낸다. 은색 패널에 가게 이름이 적혀 있는 걸 보고 그곳이 카페인 걸 알았다.

"멋진 가게네."

무쓰코는 중얼거리며 문 옆의 창 너머로 가게 안을 들여다본다. 가게 앞쪽에 푯말이 꽂혀 있는 화분과 꽃바구니가 나란히 놓여 있었다. 개업한 지 얼마 안 된 듯하다. 최근 수년 사이 새로 오픈하는 소규모 카페를 종종 보게 된다. 젊은 사람들이나 외국인들이 줄을 서고 있어서 '뭐지?' 하며 들여다보면 카페인 경우가 꽤 있다.

식사는 집에서 해결하기로 하고 커피나 마시고 들어갈까, 육중한 갈색 문을 당겼다. 가게 안은 생각보다 넓다. 디귿 자 모양 카운터에 자작나무 원목 의자가 열 개 정도, 그 외에 2인용 테이블 자리가 세 개 있었다.

"어서 오세요."

카운터 안쪽에 있던 흰 셔츠 차림의 남자가 느낌 좋은 미소를 지어 보였고 안쪽 부엌에서 작업하던 여자가,

"편하신 자리에 앉으세요." 하며 똑같이 하얀 면 원피스의 소매를 걷었다. 두 사람 모두 젊어 보인다. 서른 살 전후일 것이다. 먼저 온 손님이 한 명 있다. 사십 대 정도의 남성으로 남자 직원과 활발한 대화가 오가는 중이었다. 그 모습을 곁눈질하며 무쓰코는 구석 테이블 자리에 앉는다.

"여기가 싱글오리진 커피, 다음 페이지에 라테 종류, 그다음에 커피와 어울리는 디저트도 있습니다."

여자 직원이 "천천히 고르세요"라는 말을 남기고 메뉴판을 둔 채 자리를 떠났다.

싱글오리진. 최근에 문을 연 세련된 카페에서 종종 듣게 되는 단어다. 단일 농가의 원두를 사용한다는 의미에서 원두를 섞어 쓰는 블렌딩 커피와 차별화를 도모하는 듯하다. 메뉴판에는 여덟 가지 원두 종류가 적혀 있고 거기서 고르는 시스템이다. 원산지에 원두 이름, 각각의 맛의 특징이 작은 글씨로 적혀 있어서 무쓰코는 가방에서 안경을 꺼내 간신히 핀트를 맞추고 메뉴를 읽어나간다. 그때,

"엘살바도르 원두를 이만큼 약배전으로 로스팅하는 것 어렵지 않나요?"

앞의 손님이 컵을 들어 올리며 카운터 안의 주인에게 말을 걸었다. "네. 배전도 그렇지만 드립 방법에 따라 아린 맛이 도드라질 수 있으니까요."

직원이 온화하게 대답한다.

"물 온도는 몇 도로 맞추시나요?"

손님이 품평하듯 카운터를 들여다본다.

"88도입니다."

추출할 때 온도를 말하는 것 같다. 많이 듣는 질문인지 직원이 주저 없이 대답하자,

"아, 의외로 높네요."

라고 손님이 대답했다.

마니아들의 대화를 엿들으며 무쓰코는 메뉴판에 눈을 떨군다. 몇 번을 읽어도 내용이 머릿속에 들어오지 않는 것은 손님과 직원의 대화가 신경 쓰여서만은 아니다. 메뉴판에 적힌 설명이 마치 암호나 난해한 시처럼 직관적으로 이해하기 힘든 내용이었기 때문이다.

'과즙 같은 신선함과 은은하게 남아 있는 홍차 맛의 절묘한 배합.'

홍차? 커피를 마시러 왔는데 홍차 같다니. 생각하니 당황스럽다.

그다음 원두에 대한 설명은 이렇다.

'다크초콜릿을 씹을 때와 같은 묵직함. 어린 시절 개구쟁이 친구 얼굴이 떠오를 것 같은 그리움의 향기가 코끝을 간지럽힌다.'

헉, 무슨 말을 하는 건지. 쓴웃음이 나올 것 같지만 감성 충만한 요즘 사람들에겐 이런 말이 이미지화하기 쉬울지 모르겠다. 카운터의 손님도,

"예쁜 첫사랑 같은 플로럴함. 역시."

마치 빈티지 와인이나 고급 사케라도 마시는 것처럼 한 모금씩 홀짝거린다.

"오늘처럼 기분 좋은 여름밤에 어울리는 원두네요."

일단 창밖으로 눈을 돌렸던 남자 주인이 무쓰코를 쳐다본다.

"메뉴는 정하셨나요?"

무쓰코는 당황해서 메뉴판으로 다시 시선을 돌리며 "어렵네요"라고 고개를 갸웃한 후 가격대를 얼른 훑어본다. 여덟 가지 원두의 희소성에 따른 건지 가격대는 수백 엔 정도 차이가 났다. 가장 저렴한 원두의 커피 한 잔 가격이 880엔. 비싼 건 1,300엔. 이런 가격 설정이 적당한 건지 어떤지 모르겠다. 프랜차이즈 커피숍의 블렌딩 커피와 비교할 때 가격만큼 차이 나는 맛일까.

메뉴판의 중간쯤 있는 '감귤의 상큼함과 베리의 달콤함이 특징. 에어컨이 빵빵하게 틀어진 방 안에서 담요를 뒤집어쓴 것 같은 포근함'이라고 적혀 있던 원두를 손으로 가리킨다. 가격 면에선 두 번째로 저렴했다. '감귤의 상큼함과 베리의 달콤함'과 메뉴판 맨 위에 적힌 '과즙 같은 신선함'은 같은 의미가 아닌가. 그러다 단어 하나하나 꼬투리를 잡는 자신을 마음속으로 제지하며 가게 안을 둘러본다.

여자 주인은 디저트 담당인지 흰 셔츠 차림의 남자가 커피를 내리고 있는 동안에도 도와주러 들어가지 않는다. 부부일지 모른다. 만석일 때는 둘이서 빠듯하겠지만 인건비 부담을 생각하면 둘이 낫다고 판단했을 것이다. 이 가게가 주 수입원이라면 손님이 없어 한가할 때는 곤란할 테니 말이다. 남의 일에 쓸데없는 걱정을 해본다.

"도넛도 직접 만드시는 거네요."

도넛에 브라운 슈거를 뿌리고 있는 여자에게 말을 건다.

"네. 평소엔 세 종류인데 오늘은 시간이 부족해서요."

고개를 든 여자의 얼굴은 소박함이 깃든 부드러운 분위기에, 어딘지 모르게 커피를 내리는 남자의 옆얼굴과도 닮아 있었다.

"매일 만드는 거예요?"

도넛은 두부를 재료로 쓴다고 적혀 있었다.

"네. 오늘 아침엔 딸아이가 떼를 쓰는 바람에 늦어져서 이제야 마무리 단계네요."

부끄러운 듯 웃었다. 그러자 남자가,

"딸이 요즘 낯을 가리기 시작해서요. 뭐, 그것도 커가는 과정이려니 해요."

그러면서 둘이 얼굴을 마주 봤다.

절로 미소를 짓게 되는 부부의 모습을 보며 "그렇죠"라고 맞장구를 치면서도, 딸도 키우는데 이 가게만으로 괜찮을까. 또다시 쓸데없는 걱정이 뇌리를 스친다. 커피가 나왔다. 산미가 강한 커피라 '담요를 뒤집어쓴 것 같은 포근함'은 느낄 수 없었다.

"평소 댁에서도 커피를 즐기시나요?"

카운터 안에서 물어보기에 무쓰코는 고개를 끄덕인다.

"하지만 이런 세련된 맛은 아니고요. 그냥 강배전 원두로 마셔요."

무쓰코는 옛날부터 커피는 진하고 쓴맛이 강한 쪽을 좋아한다. 그러자 남자 주인의 낯빛이 순간 살짝 흐려졌다.

"강배전이 나쁜 건 아니지만 약배전으로 드시는 게 원두의 특징을 확실히 느끼실 수 있거든요."

어쩐지 어색해져서 무쓰코는 화제를 바꿨다.

"요즘은 이런 멋진 키페가 많이 늘었네요. 이 근방에선 보기 드문 거 같아요."

"가까운 데라면 길 건너편에 한 군데 있고……"

주인이 한 말에 덧붙이듯 앞의 손님이 대화에 끼어들었다.

"그리고 사사키 씨랑 다부치 씨네 정도인가요."

거론된 두 군데 가게는 다음 역 근처에 있는데 사사키도 다부치도 가게 주인이면서 로스팅 전문가의 이름이라고 남자 주인이 무쓰코에게 설명한 뒤 "스페셜티는 경쟁이 치열해요"라고 덧붙인다. 그리고 다시 앞의 손님 쪽으로 시선을 돌렸다.

"여기도 곧 인기 많을 것 같은데요."

앞의 손님은 자신이 이 가게를 발견했다는 사실이 뿌듯한 듯 말하고 나서 이미 완전히 식었을 커피를 입에 가져갔다.

'스페셜티?'

무쓰코는 그것도 원두 이름인가 생각하다 '고급 커피를 파는 곳을 그렇게 부르겠지.' 하고 스스로 납득한다. 여러 모로 나이를 먹는다는 건 쉽지 않은 일이라고, 아마도 지금까지 모든 연장자가 그랬을 거라고 무쓰코도 생각한다. 설마 자신이 그렇게 될 줄은 상상도 하지 못했는데. 그런 생각을 하며 커피를 입에 머금는다. 입안에 퍼지는 산미는 쓸쓸함과도 닮아 있었다. 메뉴판에는 '약간의 쓸쓸한 향이 난다'라고 적는 게 더 어울리지 않을까. 끝까지 판단을 내리는 자신의 모습에 웃음이 새어 나왔다.

가게 문을 나서니 밖에 어둠이 깔리고 있었다. 큰길에서 오가는 사람들을 피해 초승달이 빛나는 하늘을 올려다보는 무쓰코 앞으로 퇴근한 듯한 사람들이 떠들썩하게 무리 지어 걸어왔다. 이제부터 술자리일까. 그들을 무심코 쳐다보는데 무리 중 한 사람의 가방이 무쓰코의 옆구리를 치고 지나갔다.

"앗."

멍하니 있다가 몸이 휘청거렸다. 엉덩방아를 찧을 뻔했지만 직전에 다급히 손으로 땅을 짚었다.

"괜찮으세요?"

남자가 당황해서 달려온다. 건넨 손을 붙들고 일어선다. 놀라긴 했지만 다행히 다치진 않은 것 같다. 통증도 없다. 치맛자락에 붙은 먼지를 털고 얼굴을 들자 걱정스러운 듯 쳐다보는 남자와 시선이 마주친다. 카페 도도의 주인장 소로리 또래쯤 될까, 생각한 순간 자기도 모르게 미소가 번져 나왔다.

"괜찮아요. 달이 너무 예뻐서 나도 모르게 멍하니 쳐다보느라."

가볍게 말을 건네자 남자는 얌전한 얼굴로 머리를 숙였다.

"할머니 계신 줄 모르고 제가 부주의했습니다. 죄송합니다."

"네?"

어디에 할머니가 있다는 거지? 무쓰코는 순간 눈동자를 굴리며 혼란의 실타래를 풀어가다, 그게 바로 자신에게 건네진 단어라는 걸 알아차린다.

'나, 할머니구나.'

칠십 대니까 그런 말을 듣는 것도 당연하다. 자신은 아직 젊다고 생각하지만 옆에서 보면 한 명의 노인이다. 무쓰코는 떨구었던 시선을 들어 올릴 수가 없었다. 그들에게 등을 돌리고 계속 길을 걷는다.

"좀 별로다. 나이 먹는 거."

방금 카페에서 느꼈던 감정을 소리 내어 말해본다. 고개 숙인 얼굴에 눈물이 번졌다.

미레이와 무쓰코가 힘든 마음을 껴안고 있던 그 여름, 다른 사람들도 똑같이 고민에 빠져 있었다.

르시엘의 퇴거 날짜가 다가오는데도 미하루는 앞으로

의 방침을 정하지 못한 채였다. 구직 중인 미도리는 마음을 다잡고 면접을 본 잡화점에서도 불합격 통보를 받고 침울해하고 있었다. 한편 관리직으로 일하는 미나코는 남들이 많이 가는 길을 선택해 지금까지 회사에서 무난히 일해왔다. 그런 그녀 역시 자기도 모르게 타인을 내면의 기준에 따라 선악으로 가르며 판단하는 습관이 자꾸 굳어진다.

오늘의 추천 메뉴는 '견디기 힘든 마음에 뚜껑을 덮는 커스터드푸딩'이라고, 방금 소로리가 중얼거렸던가요. 모두 정처 없이 헤매는 심정일까요. 부디 이 메뉴가 그런 심정에서 조금이라도 해방될 수 있게 도와주면 좋을 텐데요.

아, 바로 들어오셨네요. 페퍼민트 색 반팔 니트가 시원해 보입니다. 지금 같은 한여름에도 입었을 때 편안함을 느낄 것 같습니다. 의자에 앉더니 소로리에게 말을 건넸습니다. 오늘의 추천 메뉴 이름에 관심이 가나 봅니다.

"견디기 힘든 마음에 뚜껑을 덮는 커스터드푸딩이라니 독특한 네이밍이네요."

원단이 좋아 보이는 옷을 걸친 이 손님을 본 적이 있다. 전에도 방문했던 손님이다. 원래 낯을 가리는 성격이지만 소로리는 손님을 대할 때 특별한 스위치가 켜지는 건지, 아는 얼굴을 보면 "다시 와주셔서 감사합니다"라고 가볍게 인사를 건네기도 한다. 하지만 최근엔 그런 여유가 점점 없어지고 있다. 손님이 늘어나는 건 고마운 일이지만 그만큼 손님 한 사람 한 사람에게 진심을 담아 응대하지 못하는 딜레마도 있다.

오늘도 문을 열자마자 일찌감치 자리가 꽉 찼다. 그 손님들이 한차례 식사를 마치고 돌아간 후 잠깐 조용한 시간이 찾아왔을 때 이 여성 고객이 들어왔다. 오늘의 추천 메뉴 주문을 받고

"견디기 힘든 마음에 뚜껑을 덮는 커스터드푸딩 말씀이시죠. 잠깐 기다려주세요."

그렇게 대답하면서, 소로리는 자신의 개운치 않은 기분도 견디기 힘든 마음이라고 생각하니 조금 애달파진다. 자

리가 없어서 그냥 돌아가야 했던 무쓰코에게 지금은 괜찮다고 연락해볼까, 하는 생각이 스쳤지만 그대로 냉장고로 향한다.

소로리는 차게 두었던 푸딩을 틀째 꺼낸다. 알루미늄 틀이 아주 차가웠다. 여름 메뉴로 푸딩은 의외로 잘 어울리는구나, 생각하며 마음을 가다듬고 틀 주변에 나이프를 살살 넣었다. 공기 중에 습기가 꽉 찬 장마의 계절, 손님 한 분이 빌려준 나이프는 카페 도도에 자리 잡게 되었다. 앙증맞은 생김새에 비해 양쪽의 날 모양이 달라서 용도에 맞게 나눠 쓸 수 있다. 자기도 모르게 손님들께 자랑하고 싶어서,

"한쪽은 빵을 자를 때, 다른 한쪽은 과일을 깎을 때. 양날의 칼이라니 정말 센스있는 물건이에요."

편리한 도구를 보면 사족을 못 쓰는 소로리가 흥분된 목소리로 감탄하듯 말했다.

"용도가 다양해서 편리할 것 같네요."

손님도 이 나이프의 장점을 이해했나 보다. 소로리가 하던 일에 더욱 박차를 가한다. 틀 위에 평평한 접시를 얹고,

"보세요. 뚜껑을 덮었어요."

페퍼민트 색 반팔 니트 차림의 손님에게 보여준 다음 하

나둘, 하고 마음속으로 신호를 보내고 접시째 뒤집었다. 천천히 틀을 빼내자 푸딩이 출렁이며 접시에 떨어졌다. 동시에 캐러멜소스가 걸쭉하게 흐르며 푸딩을 덮었다.

"와."

기품 있는 얼굴에 환한 미소가 번졌다.

"이렇게 해서 뚜껑으로 덮어두었던 손님의 견디기 힘든 마음도 결국 흘러넘쳤네요."

"그런 의미가 있군요."

소로리가 밝힌 메뉴의 내막을 듣고 쿡쿡 웃던 손님이, 실은 여러 사람들 틈바구니에서 이런저런 고민이 많았다고 고백했다. 푸딩에 살짝 숟가락을 꽂아 넣자 겉면에 다시 소스가 흘러나와 엉겼다.

"아주 차가운데 캐러멜의 쓴맛까지 좋은 느낌이에요. 술이 들어갔나요?"

손님이 뺨에 손을 올린 채 고개를 들었다.

"견디기 힘든 마음이 올라오는 건 애쓰기 때문입니다. 생각이 복잡한 거죠. 그래서 캐러멜에는 몇 가지 술을 섞었어요."

럼과 브랜디에 퀴라소, 아마레토. 소로리가 손가락으로 숫자를 세며 말한다. 그렇게 많이 들어갔냐고 놀라서 대답

한 손님은,

"어른으로 사회생활을 하는 건 참 쉽지 않네요. 삶의 방식이 다양해진 요즘에는 더욱요."

그렇게 말하고 나서 "감정을 어떻게 다루어야 할지 모르겠어요"라고 고백하며 고개를 갸웃했다.

다양성을 받아들인다는 것, 다양한 입장의 사람들을 이해하는 것은 중요한 일이다. 물론 모두 머리로는 알고 있을 것이다. 그렇다고 바로 실천할 수 있는 일은 아니다. 입에서 나오는 말과 행동 사이에 커다란 간극이 있음을 기억하지 않으면, 제대로 실천하지 못한다는 딜레마 때문에 마음이 힘들어진다.

"그렇죠. 차이를 받아들이는 건 중요합니다. 그렇다고 타인의 모든 가치관에 자신을 맞출 필요는 없지 않을까요? 먼저 자신이 옳다고 생각하는 신념을 소중히 여기는 것만으로도."

소로리가 조용히 말을 건넨다. 이어 타인의 시선을 의식할 필요는 없다고 소로리는 말하고 싶었지만, 너무 깊게 말하는 것 같아 관두었다. 그게 마음에 뚜껑을 덮는 일인지 모르겠지만 아무튼 결론은 본인 스스로 내릴 것이다. 소로리는 그녀들의 강인함을 믿고 있다.

손님이 돌아간 후 조용한 가게 안에 달콤한 술 향기가 떠다니고 있다. 뚜껑을 덮어놓은 마음은 언젠가 제 갈 곳을 찾을 것이다. 그러길 바란다.

문득 손님이 앉았던 자리를 보니 보드라운 아이보리색 숄이 의자에 그대로 놓여 있다. 방금 떠난 손님이 깜빡하고 간 것이다. 문밖을 내다보았지만 그녀의 모습은 보이지 않는다. 틀림없이 다시 들러줄 거라 기대하며 소로리는 투명할 만큼 얇고 가벼운 숄에 주름이 생기지 않도록 옷걸이에 걸어두었다.

10월이 되어서도 한여름 같은 더위가 가시지 않는다. 미레이는 옷에 가능한 한 땀이 배지 않게 하려고 그늘에 몸을 욱여넣듯 걸었다.

모든 물건의 가격이 빠짐없이 조금씩 오르고 있다. 얼마 전까지만 해도 1,000엔짜리 점심밥이 비교적 비싸게 느껴졌는데 지금은 1,000엔 미만으로 런치 세트를 먹을 수 있는 식당을 찾기 어렵다. 후딱 간단히 먹으려고 들어간 편의점에서도 상황은 마찬가지였다. 110엔짜리 삼각김밥이

160엔, 500엔대였던 돈가스 도시락이 680엔까지 올랐다. 개별 제품의 가격 차이가 미미해 보여도 쌓이면 큰 비용이다. 뭘 먹을까 고르면서 미레이는 밥값이 비싼 것과 상관없이 마음이 편안해지는 자신을 발견하고 깜짝 놀랐다.

편의점치고 넓은 가게 안은 점심시간 전에 손님들로 붐비기 시작했다. 동네 주민인 듯한 손님들과 섞여 슈트 차림의 직장인들과 학생들도 도시락을 고르고 있었다. 상품 진열대에는 아무래도 편의점에서 자체 제작하는 PB상품이 제일 인기가 많다. 미레이는 물건을 고르고 있는 학생 옆으로 손을 뻗어 PB상품인 삼각김밥 두 개와 샐러드를 집었다. 돌아서 냉장 칸을 보니 디저트가 놓여 있길래 '한정 판매' 스티커가 붙어 있는 딸기 맛 바바루아도 고른다. 평소라면 꺼려질 법한 눈부신 하얀 조명에 노출돼 있는 사이 미레이는 왜 이렇게 마음이 편한지 알게 됐다.

이 공간에는 과도한 세련미 대신 부담 없는 분위기가 채워져 있다. 가게 안은 청결하고 하얀 조명 아래 라벨이 붙은 제품이 질서정연하게 줄지어 있다. 디저트와 과자, 빵도 나름 예쁘고 맛있겠다는 생각이 들 만큼 눈길을 끌지만 특정 취향을 가진 예민한 사람을 대상으로 하지 않는다. 근처에 사는 나이 많은 손님이라도 기분 좋게 물건을 살 수 있다. 후줄근한 평상복 차림으로 방문했다고 해서 눈치 볼 필요가 없다. 아, 미레이는 알아차렸다. 자신이 피로에 찌들어 있다는 걸.

SNS를 열면 휘황찬란한 정보가 넘쳐난다. 미레이네 회사가 최근 종종 이벤트로 참가하는 로드숍이나 쇼룸도 직원은 물론 고객들까지 하나같이 고상한 취향의 소유자들이다. 그런 사람들이 좋아하는 제품을 판매한다는 건 자랑스러울 수 있지만 미레이는 오히려 이렇게 아무나 들어와도 아무렇지 않은 분위기야말로 중요하다고 생각한다. 카운터에는 네 대의 계산대가 있었다. 안쪽의 두 대가 카드 전용이고 바깥쪽은 현금도 사용 가능하다고 명기돼 있다. 다만 네 대 모두 셀프 계산대다. 미레이는 사람들이 줄을 서지 않은 카드 전용 계산대 앞에서 바코드를 찍는다.

"삐, 삐."

경쾌한 소리가 울리는 계산대 옆에, 바코드 리더기를 어색하게 손에 들고 다른 한 손에는 크림빵을 거의 움켜쥐다시피 한 채 어색하게 서 있는 여자 손님이 있었다. 빵과 음료수를 사는 것만으로도 고전하는 눈치다. 리더기의 읽는 부분과 바코드 사이의 적당한 거리를 가늠하고 조율하는 것도 힘들 수 있다. 계산을 마친 미레이가 가게 안을 둘러본다. 세로 줄무늬 유니폼을 입은 아르바이트생은 물건을 선반에 진열하고 있었는데 계산대 쪽으로 눈길을 주지 않는다. 미레이가 그 여자 손님에게 말을 걸어볼까 할 때 '삐, 삐' 하는 소리가 들렸다. 간신히 리더기가 상품을 인식한 것이다.

편의점에서조차 고객을 선별하는 건가. 결국 누군가가 배제되는 상황이 생겼다. 미레이는 가벼운 분노를 느낀다. 방금까지 기분 좋게 느껴졌던 하얀 조명도 차갑고 냉정하게 보였다. 게다가 물건을 다 합친 금액은 식당에서 사 먹을 때랑 큰 차이가 없었다. 역시 물가가 비싸네, 들어왔을 때와 같은 생각을 하며 자동문을 나섰다.

"고맙습니다."

기계가 미레이에게 인사를 했다.

인스타 라이브가 언제부턴가 당연한 홍보 수단으로 자리 잡았다. 패션 업계에서는 계절별 신상품 발표나 특판 이벤트의 실시간 방송 등에 인스타 라이브가 종종 등장한다. 특별한 장비가 필요 없이 스마트폰만 있으면 된다니,

수년 전만 해도 깜짝 놀랄 일이다. 오늘은 폐점 후 이벤트 행사장에서 라이브를 한다고 기획 담당자인 스기모토가 공지해놓은 상태다. 예정 시각인 저녁 8시에서 30분쯤 지나서 라이브 시작 버튼을 누르자 시청자들의 이름이 화면에 줄줄이 떠오르더니 순식간에 100명이 넘었다.

"대박. 이렇게 많은 사람이."

시작 인사도 제대로 하지 못한 채 스마트폰으로 이벤트 현장을 비추고 있던 스기모토의 하이톤 목소리가 통통 튄다.

"스기모토 씨, 시작해주세요."

백화점 담당자가 말한다.

"아, 조금 늦었네요.. 죄송합니다. 지금부터 인스타 라이브를 시작합니다."

스기모토가 셀프 촬영 모드로 바꾼 뒤 카메라를 다시 매장 쪽으로 돌렸다. 여름의 끝은 보이지 않을 정도로 아직 덥지만 달력의 남은 매수는 이제 몇 장 안 된다. 한겨울 아이템이 어색하지 않은 시기지만 실시간 라이브에서는 그걸로는 고객을 붙들 수 없다. 이번 백화점 행사에선 초가을부터 입을 수 있고 겨울에는 이너웨어로 활용이 가능한 얇은 니트와 겉옷이 메인이었다.

"오늘부터 2주간 백화점 6층의 라이프스타일 행사장에

서 특별 판매 이벤트가 열립니다."

스기모토가 백화점 이름을 말하자 금세 인스타 댓글 창이 북적북적했다.

"아, 바로 댓글들을 달아주셨어요."

자신의 스마트폰으로 라이브를 보고 있던 백화점 담당자의 목소리도 들떠 있었다.

"정말로요. '내일 가겠습니다' '주말에 꼭 가볼게요'라고 해주셨어요. 감사합니다."

"우와."

카메라 앞에서 준비 중이던 미레이와 이번 행사에 스태프로 채용된 사키에가 탄성을 지르며 서로를 마주 보았다. 인스타 라이브는 이렇게 쌍방향으로 대화를 주고받는 게 매력이다. 라이브 중 받은 질문에 그 자리에서 답해줄 수 있고 직접 대면하지 않아도 모르는 고객과 업체가 친구처럼 대화를 나눌 수 있다. 가벼운 커뮤니케이션은 브랜드의 팬을 늘리는 데 무척 효과적이다. 미레이도 다른 회사 라이브를 본 적은 있지만 직접 참가한 적은 없다. 타사 라이브라 해도 불특정 다수가 보고 있는 상황에서 댓글을 다는 일에 저항감이 있었는데, 주최 측의 입장이 된 이상 좋고 싫고를 따질 상황이 아니다. 온라인 고객 응대라고 생각하고 방송에 참여할 뿐이다.

"자, 바로 시작해볼까요?"

스기모토의 신호에 따라 미리 정해둔 순서대로 이번에 판매하는 제품 소개를 시작한다. 스기모토가 디자인과 가격을 설명하는 동안 미레이와 사키에가 순서대로 옷을 갈아입는다. 준비를 마치면 카메라 앞에 서서 스기모토의 지시에 따라 뒤로 돌거나 옆을 보거나 한다.

그러는 사이에도 댓글이 이어진다.

'색깔이 예쁘네요'라는 감상평도 있고 '옷깃은 흰색뿐일까요?' 같은 질문이 들어오기도 한다. 댓글을 읽으면서 스기모토가,

"네. 옷깃은 흰색뿐이네요. 옷 색깔은 하늘색, 네이비블루, 그레이까지 세 가지이고 색깔별로 분위기가 아주 달라요. 도와다 씨, 그레이 잠깐 갖다주시겠어요?"

다음에 소개할 원피스로 갈아입은 미레이에게 요청한다. 옷깃이 달린 그레이 니트를 스기모토에게 전달했더니 쓱 카메라 앞에 보여준다.

"아, 실제 착용 모습을 보고 싶으시다고요? 그렇다면."

주위를 빙 둘러보다 피팅룸 앞에 있던 사키에에게 시선이 머문다.

"좋네요. 차분하면서도 귀여운 느낌이 살아 있어요."

갑자기 카메라 앞으로 손짓해 사키에를 불렀다. 아직 미레이의 원피스 소개가 끝나지 않았는데 스기모토는 사키에가 입은 옷깃 달린 니트로 화제를 완전히 바꾸었다.

"품위 있으면서도 독특한 분위기의 옷이라 비즈니스 미팅부터 친구 생일 파티까지 활용도가 큽니다."

만족스러운 듯 고개를 끄덕이자, 백화점 담당자가 댓글창에 시선을 떨군다.

"댓글이 엄청난데요. 예쁘다, 갖고 싶다, 정말 잘 어울린다, 등등. 점점 늘고 있어요. 꼭 사고 싶다, 회사에도 입고 갈 수 있을 것 같다, 그렇죠. 공적인 자리에도 입을 수 있어요."

흥분한 목소리로 자신의 의견을 집어넣는다.

"이어서 코트 가볼까요. 사키에 씨, 그 니트 위에 신상 울 트렌치 걸쳐봐 주시겠어요?"

니트 소재의 가벼운 코트로 롱 가디건처럼 실내에서도 걸칠 수 있는 울 트렌치는 이번 시즌에 밀고 있는 제품이다. 본래는 미레이가 입고 소개하기로 순서를 잡아놓은 상태였다. 하지만 순서 변경에 당황할 새도 없이 미레이는 코트를 빼내 사키에에게 가져다준다.

"고맙습니다."

사키에가 방긋 웃으며 코트에 팔을 끼워 넣었다. 차콜그레이 코트 안에 옷깃 달린 그레이 니트는 톤온톤 느낌으로 조합이 좋다. 차분하고 정갈한 옷차림이 화사한 미소를 잘 짓는 사키에에게 잘 어울렸다.

"사키에 씨가 입으면 뭐든 예뻐 보이잖아요. 사키에 매직이죠."

스기모토가 카메라 앞에서 순수하게 감상평을 말했다. 힐끗 백화점 담당자의 스마트폰을 보니 별과 하트가 끊임없이 올라왔다. 예쁘다, 잘 어울린다, 배우 같다, 그런 단어가 무수히 떴다 사라져갔다. 스기모토가 말한 '매직'이라는 단어에 호응하는 마법사 이모티콘과 스탬프도 몇 개 보였다. 시청자들도 회사 쪽도 사키에가 착용한 니트 코트에 온통 빠져든 사이 예정된 시간을 넘기고 말았다.

"나머지는 매장으로 직접 보러 오세요. 여러분의 방문을 기다리겠습니다."

미레이가 행거를 정리하는 사이 인스타 라이브는 끝났다. 카메라 앞에서는 코트를 입은 사키에가 미소 띤 얼굴로 손을 흔들고 있었다. 내일부터 이 울 트렌치는 잘 팔릴 것이다. 회사가 미는 제품이 잘 팔리는 것이고 그 이상 좋은 일은 없다. 물론 머리로는 알고 있었다. 라이브가 끝난 뒤에도 스기모토와 백화점 담당자의 흥분은 가라앉지 않았다.

"사키에 씨가 입어줘서 정말 좋았어요. 엄청난 인기였네요."

"사키에 매직, 최고였어요."

사키에가 무슨 말씀이냐며 겸손을 떤다. 미레이는 애매한 미소를 지은 채 옷들을 선반에 다시 갖다 놓았다. 사키에에게 "정말로요. 사키에 씨가 입기를 잘했어요. 덕분에 매출도 기대되네요"라고 웃으며 말할 수 있었으면 얼마나 좋았을까. 그런데 어쩐지 열등감이 느껴진다. 자신이 아닌 타인이 칭찬받고 있는 상황에 분하다는 감정까지 올라오자 갑자기 그런 자신이 한심하게 생각된다. 얼마나 자기 자신이 아깝고 소중한지, 그런 자신이 지겨울 지경이다.

☕

연말연시 세일이 많은 건 겨울 옷과 봄여름 옷을 바꾸는 이 시기에 그만큼 물건이 잘 안 팔리기 때문이다. 그러나 후구fugu는 세일을 하지 않는다. 브랜드 이미지의 하락을 피하기 위해서다. 재고와 로스를 최대한 줄이기 위해 애초에 생산량이 많지 않고 생산한 상품은 그 계절 안에 전부 판매한다. 쉽지는 않지만 그렇게 그럭저럭 재고관리를 하고 있다. 그런데 올해는 예년과 달리 사내 분위기가 붕 떠 있었다. 여름에 개최한 가죽공예 작가와의 콜라보 팝업이 호평을 받은 덕분에 그 쇼룸에서 기념 이벤트에 참가해달라는 제안이 들어온 것이다. 쇼룸 오픈 기념일을 맞아 초봄에 일주일 정도 매년 여는 팝업인데 친한 작가와 브랜드가 모이는 그룹전이라고 한다. 참가 예정 명단에 오른 작가들의 이름 하나하나에 스기모토가 탄성을 지르는 걸로 보아 꽤 인기 있는 이벤트인 모양이다.

같은 시기에 백화점 행사가 있어서 미레이는 원래 그쪽 일을 맡기로 했었는데 회사의 결정은 "도와다 씨가 팝업 지원을 맡아주세요"였다. 그래서 결국 쇼룸 이벤트 담당이 되었다.

"사키에 씨에게 연락을 드렸는데 이번에도 쇼룸 쪽에서 직접 의뢰받았다고 하네요."

이벤트 기간 잘 부탁한다고, 스기모토가 회사의 입장을 반복했다. 직원인 미레이에겐 선택의 자유도 없으니 네, 라고 대답하고 수첩에 메모를 했다.

"이번 팝업에 식음료 브랜드도 나오니까 북적북적하겠죠?"

"팬들이 많은 유명 파티시에나 오리지널 화과자 매장에는 벌써부터 문의가 이어지고 있대요. 대단하죠."

스기모토가 감탄한다. 이어 DM으로 예약을 받는다는 말과 함께 자기 스마트폰을 손에 들었다.

"예약, 해야 하는 거군요……"

미레이는 그 단어가 귀에 들어온 순간 몸이 굳어지는 걸 느꼈다. 머리에 열이 나는 것처럼 무거워졌다. 스기모토 얘기는 귀에 들어오지 않았다. 디지털 세상에서 펼쳐지는 정보전의 속도감 그리고 쿨하고 세련된 속박에서 도망치고 싶다는 생각만 끝없이 맴돌았다. 하지만 대체 어디로 도망친다는 말인가. 집도 도쿄도, 아니 그 어느 곳으로 도망쳐도 눈부시게 아름다운 것들이 따라온다. 후구fugu는 편안하고 기분 좋은 생활을 응원하는 옷이다. 그런데 그 편안하고 기분 좋음을 연출하기 위해서는 한발 앞서 홍보 활동을 거듭해야 한다. 미레이에겐 실제 행동과 제품의 지향점이 정반대로밖에 보이지 않는다.

견디기 힘든 마음은 어디로 향하게 될까. 미레이는 여름날 1인 전용 카페에서 먹었던 푸딩을 떠올린다. 푸딩과 푸딩 틀을 나이프로 분리한 다음 접시를 덮고 뒤집는다. 틀을 빼내면 접시에 푸딩이 해방된 것처럼 떨어졌다. 뚜껑을 덮은 마음, 이라고 설명하면서 그때 주인장이 푸딩에 찔러 넣었던 미니 나이프를 보여주었던 것 같은데.

"빵을 자르는 쪽과 과일을 자르는 쪽의 양날."

그런 말을 하며 자랑스럽게 미소 짓던 그의 모습이 미레이의 머릿속에 떠올랐다.

'양날.'

양면성, 이면, 모든 방향. 한쪽만 보면 알 수 없는 진실이 있는 게 아닐까. 양면을 볼 때 비로소 상황을 제대로 이해할 수 있을지 모른다. 문득 그런 생각을 했다. 갑자기 그날 두고 온 여름용 숄이 생각났다. 숄도 찾을 겸 다시 숲으로 둘러싸인 카페에 가야겠다. 이다음에 도쿄에 가는 날이 언제더라. 머릿속으로 스케줄표를 펼치니 그 순간만큼은 견딜 수 없는 현실을 잊을 수 있었다.

cafe dodo

 손으로 직접 쓴 감사 편지는 고객에게 마음을 전달하기 쉽다. 미나코가 보험회사에 취직한 신입 때부터 들어온 말이다. 이메일보다 손편지가 정중하다는 인상을 줄 것이다. 다만 그 말을 들은 이후로 25년이 지났고 지금도 손편지를 고집하는 게 옳은가 하는 생각도 든다. 판에 박힌 관용구를 베낀 편지라면 인쇄된 DM과 별 차이가 없지 않을까. 그보다는 오로지 한 사람을 위한 마음을 담은, 정중한 내용의 이메일이 훨씬 기쁘지 않을까 싶기도 하다.

 그래서 미나코는 매년 이 시기에 고객에게 보내는 여름 안부 인사(삼복더위 때 안부를 묻는 일본의 문화-옮긴이)도 한

장 한 장 상대의 얼굴을 떠올리며 적으려고 마음을 쓴다. 엽서를 써서 우편함에 넣으면 되는 일이다. 업무용 서신은 회사에서 처리해주지만 재택근무 중에는 집에서 보낼 때도 있다. 그럴 때 미나코는 우체국까지 직접 간다. 창구 직원에게 직접 건네면 정확히 처리된 걸 확인할 수 있어 마음 든든하다.

신규 고객에게 보험 내용을 설명할 때 미나코네 회사에서는 반드시 대면해야 한다고 정해 놓았다. 물론 온라인이나 전화로도 가능하지만 비대면은 아무래도 일방통행이 되기 쉽다. "인사도 드리고 직접 설명을 드리겠다"라고 일단 전달하고 웬만하면 대면 처리하는 걸 회사에선 권장한다.

오늘도 미나코는 오전 중 고객이 지정한 역으로 향했다. 고객은 출근 전에 만나길 원한다며 역 안에 있는 패스트푸드점에서 보자고 했다. 터미널 역은 아직 이른 시각인데도 사람들로 북적였다. 정장 차림의 남자가 다가온다. 급하게 내용 설명을 듣는 고객에게 회사 차원에서 밀고 있는 최신 상품 가입을 권유하고 주문한 아이스커피의 얼음이 완전히 녹기 전에 계약서에 사인까지 받는 데 성공했다. 미나코는 고객을 배웅한 후에도 카페에 남아 혹시 시간이 되면 처리하려고 들고 온, 고객들에게 보낼 여름 안부 인사 엽서를 가방에서 꺼냈다.

☕

남녀의 사회적 격차를 나타내는 성 격차지수가 일본은 선진국 중에서 최하위다. 무쓰코는 비품 디자인을 맡고 있는 호텔에서 돌아오는 길에 그런 것들을 생각하고 있었다. 방금 막 끝난 미팅에서, 얼굴에 흘러내린 머리카락 사이로 비쳤던 홍보 담당 쓰지이의 안타까운 표정을 떠올린다.

자신은 운 좋게도 그런 차별과 동떨어진 분야에서 일흔 넘어서까지 일할 수 있었다고, 무쓰코는 지난날을 회상한다. 물론 디자인에서 여성스러움을 강조해달라던지, 젊은 여성이 좋아하는 경향 등을 요구하는 고객사는 있다. 다만 그것은 고객사의 타깃에 맞춘 요구일 뿐 차별적 발언은 아니다. 드물게 젊은 여성은 이런 걸 좋아한다, 라고 잘못된 고정관념을 가진 클라이언트를 만날 때도 있지만 그 경우엔 무쓰코가 자연스럽게 궤도 수정을 한다. 그 정도 힘을 갖게 되었다고 생각하면 감회가 새롭다. 무쓰코는 이번 미팅 때 쓰지이가 제시한 컬러 가이드를 떠올린다. 퍼플 계열과 블루 계열이 특히 선호도가 높다고 그녀가 설명했다.

다음 캠페인에서는 무쓰코의 작품을 다양하게 활용해 셀링 포인트를 잡고 싶다며 열정적으로 프레젠테이션을 해준 쓰지이의 모습을 떠올린다. 무쓰코와 담당자들은 계절을 미리 앞당겨 일정을 짠다.
"슬리퍼도 좋지만 룸 슈즈나 니트 양말도 괜찮지 않을까요?"
무쓰코가 제안하자 쓰지이가 "그거 아주 휘게스러운데요"라고, 덴마크어로 '편안함'을 의미하는 단어를 써서 동의한다. 불을 쓰지 않고 아로마 향을 내는 아로마스톤 견본을 손에 들고 "이 스톤 표면에 무쓰코 씨의 텍스타일을 프린트해볼까 합니다"라고 말한 뒤 쓰지이가 갑자기 목소리 톤을 낮추었다.
"하지만 이 캠페인을 볼 수 없다는 게 아쉬워요."
쓰지이가 10월부터 육아휴직에 들어간다는 소식은 벌써 들었다. 배도 눈에 띄게 불어 있고 엄마와 아이 모두 건강하다는 이야기를 오늘도 나눴다.
"맞다. 그렇구나. 나도 쓰지이 씨와 성공의 기쁨을 함께 나누고 싶었는데."

무쓰코가 그렇게 말하자 쓰지이가 살짝 눈가에 손을 갖다 댔다. 하지만 이내,

"후임이 정해지면 소개해드릴게요. 인수인계는 확실히 할 거니까 걱정 안 하셔도 돼요."

그렇게 말하고 나서 미소를 지어 보였다.

"육아휴직이 2년이죠?"

"네. 지금으로선 2년 후에 복귀할 예정인데요."

"그때까지 나도 열심히 해야겠어요. 같이 일하는 날이 얼른 왔으면 좋겠네요."

마음속으로 2년 후 자신의 나이를 생각하는 무쓰코에게 쓰지이가 나직이 속삭였다.

"앞일은 알 수 없으니까요."

"그렇네. 아이 맡기는 것도 쉽지 않죠?"

"네. 그것도 그렇고 같은 부서로 복귀 가능할지 어떨지는 제가 정할 수 있는 문제가 아니라서요."

"무슨 뜻이에요?"

출산과 동시에 관리 부서로 옮긴 동료와 선배를 많이 봤다며 쓰지이가 쓸쓸한 표정으로 호소한다.

"본인 의사와 상관없이 일방적으로 결정이 내려진다는 거예요?"

기막혀하는 무쓰코를 보며 쓰지이가 괴로운 듯 고개를 끄덕였다. 쓰지이의 기획은 언제나 독창적이어서 생각지도 못한 그녀의 발상에 무쓰코도 종종 놀라곤 했다. 무쓰코와 일할 때 궁합도 잘 맞았지만 다른 캠페인에서도 좋은 실적을 거두고 있는 듯했다. 이렇게 유능한 사람을 현장에서 배제한다니 왜 그런 안타까운 판단을 마구잡이로 내리는 건지 분노가 올라왔다.

"회사 딴에는 직원을 위한다고 생각하는 것 같아요. 육아와 업무 분야는 사실 무관한데 말이죠."

육아와 업무의 양립은 힘든 게 틀림없다. 그러나 과도한 배려다. 시간을 융통성 있게 쓸 수 있는 일이 좋을 것이고 너무 압박감이 크지 않은 부서가 편할 거라고 판단했을 테지만 업무 분야나 부서에 대한 융통성이 필요한 게 아니다. 그녀를 둘러싼 주변 사람들과 환경에서의 융통성이 중요하다. 힘들 때 손을 빌려주고 도와주는 것이 많은 사람이 함께 움직이는 조직이 아닌가. 잘못된 배려다.

"남편분이 잘 도와줄 것 같아요?"

쓰지이의 남편은 같은 나이의 공무원이라고 들었다. 솔선해서 제도를 이용할 수 있는 입장일 텐데도 쓰지이는 잘 모르겠다며 고개를 가로젓는다.

"남편도 눈치가 보이나 봐요."

시류에 민감한 기업에서 일하고 있고 제도를 최대한 활용할 수 있는 남편이 있는데도 이런 현실을 맞닥뜨린다. 많이 변했다고 하지만 여전히 쓰지이처럼 원하는 길을 자유롭게 걸어갈 수 없는 사람들이 있다. 말하자면 우리는 세상이 바뀌었다고 착각하고 있었을 뿐이다.

올해도 얼마 남지 않은 지금, 미나코도 바뀌지 않은 현실을 있는 그대로 되비추는 사건과 만나고 있다.

1년에 한 번, 브레인스토밍에서 따온 '브레스토'라는 이름의 행사가 진행되는 것은 임원진의 의향으로 보인다. 참석자는 일부 관리직과 순서대로 뽑힌 입사 5년차까지의 젊은 직원들이다. 하필이면 바쁘고 정신없는 연말에 굳이 할 필요가 있을까 미레이는 생각하지만, 이의를 제기하는 사람 하나 없다. 회사 직급 서열에 신경 쓰지 않고 거리낌 없이 솔직하게 이야기하는 것이 행사의 취지라지만 애당초 임원진의 의향에 따른 행사라는 사실 자체로 솔직하게 발언할 수 없는 분위기 아닌가. 미나코는 어처구니가 없다.

격의 없는 회식 자리라고 해놓고 막상 솔직하게 말을 하면 다음 날 큰 사달이 난다. 거래처에서 "검토해보겠습니다"라는 건 거절의 의미인 것처럼 이 사회엔 이상한 말뿐인 대화가 넘쳐난다. 애매모호한 말로 사람 헷갈리게 하지 말고 오히려 확실하게 '안 됩니다'라고 말하는 게 깔끔하지 않을까. 솔직하지 못한 좋은 말만 넘쳐나는 브레스토 회의에 출석하기 위해 미나코는 아카사카의 호텔로 향한다. 참석자는 모두 사내 직원들이므로 대회의실을 사용하면 될 텐데 꼭 호텔 연회장에 모인다. 이 또한 임원진의 의향인가. 외부적으론 앞서가는 이미지를 홍보하는 미나코네 회사에서도 결국 직원들끼리 모일 때는 옛날 방식을 답습한다.

푹신하게 깔린 카펫 바닥에 구두 굽이 빠지는 감촉을 느끼며 연회장으로 향한다. 연회장 문 앞에는 붓글씨로 회사 이름을 적어놓은 간판이 서 있었다. 좌우 여닫이문 중 한쪽만 열어둔 문 안으로 들어가니 총무부의 젊은 직원 세 명이 긴 테이블 앞에 서서 접수 업무를 보고 있었다. 50명이 좀 안 되는 참가자 수에 비해 연회장은 너무 넓었고 커다란 원탁이 줄지어 놓여 있는 가운데 쓸데없이 화려한 샹

들리에가 매달려 있었다.

같은 회사의 직원이라고 해도 타 부서 사람들은 잘 모른다. 접수 업무를 맡고 있는 직원도 미나코는 모르는 얼굴이다.

"법인영업 2팀의 사사오 미나코입니다."

"사사오 미나코 차장님."

한 사람이 명부를 훑어보고 나서 주사위 모양의 종이상자를 건넸다. 양손으로 안을 수 있는 크기의 상자 위쪽에는 주먹만 한 구멍이 뚫려 있다.

"안에서 한 장 뽑아주세요."

젊은 직원이 시키는 대로 제비뽑기 상자 속에 손을 집어넣는다. 삼각형 모양으로 접힌 종이에 사인펜으로 5라는 숫자가 적혀 있었다. 회의 중에 무슨 추첨이람. 구식 이벤트에 혀를 끌끌 차고 싶어질 때쯤 "이 테이블이에요"라며 누군가 연회장 배치도를 건넸다.

"자리가 정해져 있어요?"

지금까지는 자유롭게 원하는 자리에 앉았다.

"자유석이면 결국 아는 사람들끼리 앉게 되니까 활발한 의사소통이 안 이루어진다는 의견이 있어서 올해는 추첨제로 했어요."

똑똑해 보이는 직원이 대답했다. 모르는 사람끼리 있으면 오히려 하고 싶은 말도 제대로 못 할 텐데. 그래도 뭐, 몇 시간이니까. 배치도를 손에 들고 고개를 끄덕인다.

"직급을 알면 신경이 쓰여서 자유롭게 발언하기 어렵다는 의견도 있어서요, 브레스토 동안엔 닉네임을 사용합니다."

플라스틱 명찰과 유성펜을 건넨다. 불릴 이름을 적고 가슴에 달라고 한다.

"닉네임이요?"

낯간지러운 소리를 듣고 깜짝 놀라자,

"아무거나 괜찮아요. 브레스토 자리에서만 쓰는 거니까요. 불리고 싶으신 이름으로 쓰시면 됩니다."

다른 직원이 달래듯 말했다. 어떤 책에서 입수한 방법일까. 귀찮아하며 '미나코'라고 재빠르게 적고 펜을 돌려주었다.

그날의 주요 의제는 젊은 사원의 일하는 방식이었다. 미리 의제가 정해져 있는 브레인스토밍 자체가 우스웠지만 아무것도 주어지지 않은 상태에서 문제 제기하는 것이 익숙하지 않은 것도 틀린 말은 아니다. 미나코의 테이블 멤버는 총 다섯 명. 아는 얼굴은 없었기 때문에 어느 부서인지, 직함이 무엇이며 무슨 일을 하는지 마음속으로 상상하는 수밖에 없었다.

토론 초반 테이블에서 제일 연장자로 보이는 남자가,

"먼저 간단히 자기소개를 할까요."

라고 입을 열었다. 이어 "총무부"라고 부서명을 말하자 옆의 젊은 직원이 손을 들었다. 방금 접수 업무를 맡았던 직원이다. 명찰에는 'you'라고 적혀 있는데 '유'라고 하는지 '요우'라고 해야 할지 뜬금없이 그 설명부터 듣고 싶었다.

"저기, 일부러 닉네임으로 진행하는 건데 부서명이나 본명을 거론하는 건 좀 문제 있지 않을까요."

나이 많은 직원은 순간 얼굴이 굳어졌지만,

"그렇죠. 브레인스토밍이니까요. 자기소개는 취미나 좋아하는 음식 정도 얘기하면 됩니다. 서로의 성향만 알면 되니까요."

'미에짱'이라는 명찰을 가슴에 단, 미나코와 비슷한 또래로 보이는 여직원이 이어 말했다.

"그것도 그렇네요. 브레인스토밍이니까 위아래를 따지는 일은 없어야지."

나이 많은 남자의 안경 속 눈동자엔 싫은 표정이 역력했다. 명찰에 히어로물 애니메이션의 캐릭터 이름이 적혀 있는데, 자유로운 그 히어로 이미지와 이 남자는 너무 동떨어져 있지 않나.

"몇 시간이지만 한 팀이니까 팀명을 만드는 건 어떨까요?"

이번엔 미나코 오른쪽에 앉아 있던 '데코핀'이라는 새치가 많은 직원이 제안했다. 데코핀은 메이저리거 야구선수가 키우는 개 이름이라고 한다. 그거 재밌겠다며 안경 히어로가 찬성했다. 도대체 언제쯤 토론이 시작될까. 지겹다.

"온라인은 편리하긴 해도 역시 동료들끼리 교류하기가 너무 어려워요."

45분이나 지나 간신히 시작된 토론에서 총무팀의 젊은 직원이 말한다. 명찰의 'you'는 '유'라고 부르며 자기 이름의 일부라고 자기소개 때 말했다.

"그럼, 유스케나 유이치겠군."

안경 히어로가 대놓고 말했다. 그런 식이면 닉네임이 아무 소용 없다는 사실을 테이블의 누구도 지적하지 않았다.

"아니, 아니, '유'로 시작하는 게 아니라 이름의 마지막 글자가 '유'로 끝날 수도 있으니까요."

그렇게 새치 머리 '데코핀'이 분위기를 띄우자 '미에짱' 마저,

"우리 아들 친구 중에도 '유'라는 이름을 쓰는 애가 있어요."

그러면서 자신이 아이를 키운다는 정보까지 굳이 밝힌다. 당사자인 'you'조차,

"모두 틀리셨어요."

라고 말을 보탠다. 역시 책에서 방법만 빌려왔을 뿐 제대로 자기 걸로 소화하지 못하고 있다. 미나코는 적당히 미소를 지으며 그들의 쓸모없는 토론을 냉소적으로 분석하고 있었다.

이렇게 돌아 돌아 토론은 온라인 중심으로 돌아가는 업무에서 젊은 직원들이 어떻게 하면 고립되지 않을까, 하는 구체적인 안으로 옮겨갔다. 확실히 팬데믹 즈음 입사한 직원들은 동료나 선배들과 가벼운 상담도 할 수 없을 정도로 관계가 막혀 있다.

"역시 잡담은 의외로 중요한 것 같아요."

'미에짱'이 말한다.

미나코도 직속 팀원을 마지막으로 만난 게 언제인지 생각을 해본다. 업무를 익히는 속도도 빠르고 혼자 일 처리를 할 수 있을 만큼 성장했다고 안도하면서, 그러고 보니 용건만 메일로 주고받아 온 걸 반성하게 된다.

"원온원의 빈도를 높이는 것도 좋을지 모르겠어요. 정기적인 케어가 이루어지면 혼자 고민에 빠지기 전에 상담을 통해 해결할 수 있지 않을까요."

원온원은 회사에서 정한 정기 미팅으로 부하직원과 상사의 1대1 대화 회의다. 온라인으로 대부분 이루어지며 거리낌 없이 평상시 업무상 고민거리를 털어놓으라고 한다. 작위적일 순 있어도 팀원의 이야기를 듣고 처음으로 알게 되는 내용도 있어서 의미 있는 제도라고 느끼고 있었다. 그런데,

"원온원이라……"

안경 히어로가 떨떠름한 표정을 짓는다.

"그건 시간도 많이 잡아먹고 힘들지 않나."

안경 히어로를 배려해야 하는 관계인 건지, 새치 머리 '데코핀'이 과장되게 고개를 끄덕이며,

"이야기를 나누다 보면 결론적으론 험담으로 흘러가죠. 부하의 뒷담화를 듣는 것도 기분 좋은 일은 아니에요."

그러면서 갑자기 윤리적인 문제로 물타기를 시도한다.

미나코는 문득 중학교 때 담임선생님이 해준 말이 떠올랐다. 담임과 학생으로 만나서 진로 상담을 할 때였다. 말

하자면 지금의 원온원 같은 거였다.

"학교생활 하면서 힘든 일은 없니?"

인기 있는 선생님도 아니었고 미나코가 특별히 의지하거나 신뢰하는 어른도 아니었다. 그래도 "없습니다"라고 말하고 끝내는 건 뭔가 아쉬운 기분이 들어서 조금 고민이 되었던 친구 관계에 대해 말했다. 당시 미나코는 두 명의 친한 친구가 있었고 학교에서는 항상 셋이 함께였다.

"두 친구와 함께 있으면 가끔 제가 고독하다고 느낄 때가 있어요."

고민이라고 할 정도는 아니었지만 담임선생님은 진지하게 미나코의 이야기를 들어주었다. 셋 사이에서 친한 정도에는 미묘하게 온도 차가 있었다. 농도라는 단어가 더 가까울 것 같다. 미나코 외 두 사람은 그 농도가 더 진했다. 셋이 함께 있어도 왠지 모르게 미나코 자신만 덤인 것처럼 느낄 때가 있었다.

"숫자 3은 좀 어려운 부분이 있지."

담임은 둘로 정확히 나눌 수 없는 숫자는 나머지가 생길 수밖에 없다는 걸 수학 교사답게 자세하게 설명한 뒤,

"하지만 변이 세 개이기 때문에 균형이 잡히는 건 있어."

그러면서 세상에는 다리 셋 달린 의자도 있는데 다리가

세 개여도 아름답게 균형 잡혀 있으며 안정적이라고 가르쳐주었다.

미나코가 선생님 말씀을 완벽하게 이해한 건 아니었다. 지금 떠올려도 중학생에겐 난해한 설명이다. 그렇다고 해도 어른이 진지하게 자신의 이야기를 들어주었고 이론적으로 설명해주었다는 점에서 한 사람의 인간으로 인정받은 기분이 들었다. 선생님과의 대화 이후 미나코의 마음은 단단해졌다.

그런 이야기를 사회에 나온 지 얼마 안 된 신입들에게 어떻게 전달할 수 있을까. 답을 찾고 싶은 것도 아니었지만,

"나는 안전하다는 믿음을 가질 수 있게 하는 게 가장 중요하죠. 언제든 상담에 응해줄 수 있는 여유를 상사들이 갖는……"

불쑥 이런 말이 입 밖으로 나왔다.

"확실히 용건 외의 이야기까지 물어보는 건 좀 꺼려지긴 해요. 상사도 바쁠 텐데, 하며 혼자 판단하게 되고요."

미나코의 말을 끊다시피 하며 젊은 직원 'you'가 대답했다.

"역시 업무 외의 장소에서 하는 커뮤니케이션이 중요한 거 같아요."

'미에짱'이 밝게 말한다.

"젊은 사람들은 싫어하지만 술자리에서 주고받는 대화가 효과가 있다니까요."

그렇게 말한 '데코핀'이 새치를 긁적이며 웃었다.

'이 인간, 뭐라는 거야?'

미나코는 고개를 옆으로 돌려 '데코핀'의 얼굴을 정면으로 노려보았다. 드넓은 이마에 꿀밤을 한 대 먹이고 싶은 심정이다. 자세히 보니 미나코 또래인 듯하다.

"우리 젊을 때는 사내에 동호회가 있었어. 배구부나 탁구부 같은. 물론 장기부나 영화감상부 같은 동호회도 있어서 운동을 잘 못하는 사람들은 그런 걸 선택했지."

그리운 옛 시절을 추억하는 듯 안경 히어로가 미소를 지었다.

"사내 직원끼리요?"

"그럼. 가족 참가 체육대회도 있었지, 참."

'you'가 눈을 껌뻑인다. 젊은 세대에겐 믿을 수 없는 일일 것이다. 'you'는 마치 고대 유적지에서 공룡의 화석이라도 발굴한 것처럼 놀라는 표정을 솔직하게 얼굴에 드러냈다.

"와이프가 도시락도 싸줬는데 그걸 보고 독신들도 하루빨리 가정을 꾸리고 싶어 했지. 요샌 그런 게 없으니까 저

출산 문제가 생기는 거야."

안경 히어로가 멍청한 말을 늘어놓자,

"맞아요."

따라쟁이 '데코핀'이 장단을 맞췄다.

왜들 이래. 미나코는 토론이 이상하게 흘러가는 걸 필사적으로 막으려고 애썼다.

"회사에서는 무의식적 편견이나 성별에 따른 편견에 대해 조심해야 합니다."

미나코의 말에 이번엔 '데코핀'이,

"그래서 여성 관리직이 늘었잖아요. 미나코 씨도 관리직 됐고요."

미나코는 발끈한다. 'you'가 갑자기 중재에 나섰다.

"와이프도 같은 회사인데 일과 가사를 양립하는 게 무척 힘든 건 맞습니다."

"오, 자네, 부인이 있어?"

안경 히어로의 목소리가 뒤집혀 쉰 소리가 난다. 무척 실례되는 발언인데 젊은 사람이 야무지네, 라고 말을 잇는다. 미나코는 어이가 없다. 그런 미나코를 힐끗 쳐다보고 나서 '미에짱'이,

"일과 가사를 혼자 하면 힘든 게 당연하죠. 힘들어 보인

다고 말할 시간에 같이 하세요."

그렇게 말하며 분노했다. 움찔했는지 "아뇨, 물론 저도 돕고 있습니다. 쓰레기도 버리고 욕실 청소도 하고"라며 'you'가 당황해서 변명했지만 그 말이 그녀를 더욱 자극했다.

"돕다니요. 같이 하는 거라고요. 인식 좀 어떻게 안 되나요. 일단……"

크게 한숨을 내쉬고 나서 '미에짱'이 말을 이으려고 하자,

"자, 이제 각 테이블의 의견을 정리해주시기 바랍니다."

갑자기 사회를 보는 직원의 목소리가 연회장 안에 울려 퍼진다.

"5번 테이블의 결론은 '동호회 활동의 부활을 검토한다' 정도로 정리하면 되겠지요?"

'데코핀'은 안경 히어로에게만 확인을 받았고 안경 히어로는 상사가 결재하듯 고개를 끄덕였다. 미나코는 어이가 없어서 입이 다물어지지 않았다. 이게 현실이다.

미나코는 돌아오는 길 내내 바보 같은 말만 오갔던 브레스토를 머릿속에서 말끔히 비우고 싶다고 생각하며 문득 초여름 즈음 들렀던, 울창한 나무에 둘러싸인 카페를 마음속에 떠올린다.

"아직 있으면 좋겠는데."

멍한 표정의 주인장이 자유롭게 자기 페이스대로 운영하던 카페로 발길을 향한다. 골목 바로 앞에는 간판이 나와 있고 오늘의 추천 메뉴가 적혀 있었다.

"흑백을 가르지 않는 케이크 살레."

메뉴 이름을 소리내어 읽어본다. 매번 옳고 그름을 정확하게 가르고 싶어 하는 자신에게 하는 말 같아 어깨를 움찔하며 골목으로 들어갔다. 어릴 때부터 늘 그랬다. 선악을 나누고 올바르지 않은 것은 전부 배제했다. 집단 안에서 자신이 어떤 위치에 있는지 파악하고 상하관계를 확인했다.

"춥다."

어깨를 떨며 걸음을 재촉한다. 나무들이 와삭와삭 소리를 냈다.

뇌파란 뇌가 활동할 때 내보내는 신호인데 주파수에 따라 베타, 알파, 세타, 델타로 분류된다. 베타파는 일반적인 활동을 할 때 나오고 알파파는 이완 상태에서 나온다. 명상 상태에는 세타파, 깊이 잠들어 있을 때는 델타파가 나온다고 한다.

"이완하는 데는 알파파구나."

소로리가 중얼거린다. 눈을 감거나 자연의 소리를 들을 때 알파파가 나오기 쉽다는 말을 들었던 걸 떠올리고 "맞다. 여기가 숲속이지"라며 문을 열고 나갔다. 아직 영업을 시작하긴 이른 시각이다. 저녁 바람이 솔솔 불어왔다.

"아니……"

문밖에 몇 사람이 줄지어 서 있었다. 소로리가 당황해하니,

"아직 문 열 시간 안 됐죠? 괜찮아요. 기다릴게요."

앞에 있던 삼십 대 정도의 여성이 방긋 웃었다.

"네, 같이 수다 떨면서 기다릴게요."

그 뒤에 있던 여성은 오십 대쯤일까. 차분한 모습으로 앞뒤를 둘러보더니 앞에 있던 여성과 눈을 맞추며 고개를 끄덕였다.

"죄송합니다. 조금만 기다려주세요."

덥수룩한 곱슬 머리에 손을 올리며 소로리는 황급히 가게로 돌아와 오픈 준비를 서둘렀다. 밖에서 알파파를 위한 음악을 들을 여유가 없구나, 하는 생각이 떠올랐다. 활동할 때 나오는 베타파에 완전히 점령당한 자신의 머릿속이 불쌍하게 느껴졌다.

소로리는 가게 안을 둘러본다. 자리는 손님으로 꽉 찼고

바깥 의자에도 손님이 앉아 있었다. 한 사람이 돌아가면 바로 다른 손님으로 자리가 채워졌다. 숨 막힐 것 같은 느낌이 들다가 문득 자신이 호흡을 제대로 하고 있지 않다는 사실을 깨닫고 흠칫 놀라기도 한다. 겨울인데도 땀이 났다. 문이 열리고 밤바람이 들어와 이마의 땀을 말려주었다.

"안녕하세요. 자리 있나요?"

새로 온 손님에게 어서 오세요, 라고 인사한다. 웃는 얼굴이 굳어 있진 않았을까 새삼 걱정이 됐다.

☕

간신히 손님들 발걸음이 뜸해질 때쯤 그 손님이 찾아왔습니다. 똑 떨어지는 셋업 차림으로 보아 영업직일지 모릅니다. 오늘의 추천 메뉴인 '흑백을 가르지 않는 케이크 살레'를 주문했습니다. 가방에서 파우치를 꺼내 정성껏 핸드크림을 바르고 있습니다. 윤이 나는 손톱과 매끄러운 손등으로 보아 항상 관리를 꼼꼼히 했을 테죠.

그런 걸 생각하는 사이에 요리가 완성되었습니다. 드세요, 하고 소로리가 갖다준 접시를 보며 손님이 말합니다.

"참깨였군요. 흰색과 검은색이라는 건."

피곤한 표정을 짓고 있던 손님의 얼굴에 편안한 미소가 번졌습니다.

"네. 심플한 케이크 살레에 흰깨와 검은깨를 뿌렸어요."

파운드케이크 틀에 구운 케이크 표면에는 참깨가 담뿍 뿌려져 있었습니다. 틀에서 꺼내어 한 조각씩 자른 뒤 손님들에게 서빙하는 소로리의 모습을, 아까부터 저는 쭉 지켜보고 있었습니다.

"짭짤한 맛이 기분 좋게 감도네요."

곁들인 샐러드와 함께 케이크를 입으로 가져간 손님이 "너무 맛있어요"라며 만족한 듯 고개를 끄덕였다.

"흰깨와 검은깨라서 흑백을 가르지 않는다는 거군요."

손님의 말을 듣고 "글쎄요, 그보다는……"이라며 소로리는 고개를 갸웃한다.

"케이크 살레는 짠맛이 나는 케이크라는 의미입니다."

디저트라기보다 식사 대용이라는 점에서 키슈와 비슷하지만 재료도 공정도 다르다고 설명한다.

"키슈는 달걀과 생크림으로 만드는데 케이크 살레는 밀

가루와 우유를 쓰죠. 그렇다고 달콤한 디저트는 아니라서 케이크지만 케이크가 아니다, 그런 의미랄까요. 애매한 위치죠."

"애매하다고요?"

손님의 질문에 소로리가 작게 고개를 끄덕였다. 손님은 신중하게 케이크 살레를 커팅했다.

미나코는 짭짤함이 적당히 배어나는 케이크 살레를 한 입씩 맛본다. 깨의 식감도 좋고 오래 씹으면 흰깨의 달콤함과 검은깨의 향미가 섞여서 입안에 번졌다.

지금까지 곧게 뻗은 길을 계속 걸어왔다. 공부도 게을리하지 않았고 명문고를 나와 1지망 대학에 무난히 합격했고 재학 중엔 가능한 많은 자격증을 따기 위해 의욕을 불태웠다. 미나코는 자리가 정해져 있지 않은 강의에선 늘 맨 앞줄에 앉았다. 뒷자리에서 강의도 듣지 않고 떠드는 학생들에겐 관심도 없었다. 어차피 결과가 나온 후 힘들어지는 건 그들 자신이니까.

빛나는 길을 당당히 걷는 것에 주저함이 없었다. 덕분

에 취업난 시대였는데도 대형 생명보험사에 거뜬히 취업했다. 올바른 길이라고 믿었다. 하지만 올바름이란 무엇일까. 미나코는 문득 생각한다. 아까 낮의 브레인스토밍 회의에서 오갔던 발언을 떠올린다. 물론 시대착오적인 내용이긴 했지만 각자의 입장이 반영되었다고 관점을 바꾸었더라면 좀 더 발전적인 토론이 되지 않았을까.

"저는 매번 정답부터 찾아요. 이게 옳은가, 그른가. 그렇게 따지는 사이 본연의 목적을 잊어버리는 거죠."

미나코의 속마음이 불쑥 입 밖으로 나왔다.

접시를 정리하던 주인이 천천히 돌아보았다. 그리고 잠시 시선을 떨구고 있다가,

"이기고 지는 것 혹은 정답이 아니라 결과적으로 즐길 수 있으면 좋지 않을까요."

그렇게 말하면서 고개를 들었다. 그 시선 끝에 걸린 초콜릿색 벽에 연한 베이지색 숄이 걸려 있었다. 손님이 두고 간 물건일 것이다. 본래는 얇은 크림색 숄인데 초콜릿색 벽이 비치면서 그 부분만 연한 베이지색처럼 보인다. 미나코는 변색한 것처럼 보이는 벽의 한 부분을 바라보며 새까만 벽에 걸었다면 숄이 연회색으로 보였을 거라 상상한다. 얇고 투명한 트레이싱지나 속이 비치는 시폰 같은

관점을 가질 수 있다면 좀 더 편하게 살 수 있지 않을까. 자기 자신을 돌아보며 그런 생각을 한다.

흰색도 검은색도 아닌, 회색의 애매함 속에서 정답을 찾는다. 그것은 한없이 어려운 일이다. 다만 조금 옆길로 샜다고 해서 틀렸다고 단정 짓는 것은 안타까운 일일지 모른다. 내가 지금 할 수 있는 일은 무엇일까. 미나코가 식사를 마친 접시에는 흰깨와 검은깨가 몇 알 떨어져 있었다. 그걸 가만히 포크로 짚어본다.

의류업계는 아무래도 겉모습을 중시한다. 매장을 찾은 손님이 사키에게 적극적으로 말을 거는 걸 보면서 미레이는 이게 현실임을 깨우치고 낙담한다. 음식점에서 일자리를 잃고 새 직장을 찾는 과정에서 미도리는 나이와 이혼 경력이 당락에 은근히 영향을 끼치는 경험을 거듭했다. 인간이 평등하다는 건 대체 누가 한 말인가. 무수히 쌓이는 불합격 통지서를 앞에 두고 머리를 감싸 쥔다. 결혼에 실패하고 사회에서도 찾지 않는 자신은 세상 부적응자가 아닌가, 스스로 비하하고 싶어진다. 베이커리 사장이라는 직업을 가진 미하루도 가게 이전을 계기로 자신의 삶을 어떻게 하고 싶은지 정하지 못한 채 있다. 세상이 복잡해질수록 삶에 또 다른 어려움이 출현하고 자신은 발버둥치는 일도 없이 그 자리에 멈춰서고 만다.

☕

마당에 북풍이 불어오기 시작한 카페 도도에서는 '흑백을 가르지 않는 케이크 살레'를 앞에 두고 손님이 한숨을 내쉬고 있습니다. 흑백을 나누지 않는다는 건 정말 어려운 일입니다.

단정 짓지 않는 것, 편견을 배제한다는 것은 말처럼 쉬운 일이 아니라는 걸 소로리도 알고 있는지, 그녀가 혼잣말처럼 중얼거리는 소리에 조용히 귀를 기울이고 있습니다.

☕

"저는 매번 정답부터 찾아요. 이게 옳은가, 그른가. 그렇게 따지는 사이 본연의 목적을 잊어버리는 거죠."

손님이 불쑥 입을 열었다. 그녀는 항상 성과를 내야 하는 직업을 가졌을 것이다. 마음은 항상 긴장 상태에 있을 것이다. 그런 생각을 하면서 소로리 자신의 과거를 떠올린다. 왜 이 가게를 시작하게 됐는지 과거를 돌아본다. 본연의 목적이라고 한 손님의 말을 자신에게 대입해본다.

그걸 떠올리기엔 세상이 너무 많이 변해버린 것 같기도 했다.

"이기고 지는 것 혹은 정답이 아니라 결과적으로 즐길 수 있으면 좋지 않을까요."

자기 자신에게 들려주듯 그런 말을 하고 있었다.

부엌 기둥으로 시선을 돌리자 그림 속 도도가 오늘 밤도 뭔가 말하고 싶은 듯 이쪽을 보고 있다. 올해도 서서히 저무는 건가. 소로리는 화살처럼 빠른 시간의 흐름을 느끼며 도도에게서 창밖으로 시선을 옮겼다.

테이블에 올려둔 스마트폰이 작게 진동하며 화면이 밝아졌다.

'죄송합니다. 10분쯤 늦어요.'

미나코는 피곤한 듯 한숨을 내쉬었다. 팀원인 사이키와

만나기로 한 시간은 오전 11시였다. 미나코는 10시 15분에 이미 역 앞 패밀리레스토랑의 창가 자리에 있었다. 올겨울은 따뜻하다고 했는데 해가 바뀌자마자 한파가 밀려왔다. 전날엔 눈이 한밤중까지 내렸다. 교통 혼잡도 걱정되어 평소보다 일찍 출발을 서둘렀다.

늘 그렇다. 미나코는 친구든 업무 관계든 늦어도 약속 시간 10분 전에는 도착한다. 하지만 이렇게 상대방이 늦을 때가 많다. 그러면 경우에 따라선 30분 가까이 시간을 허비하게 된다. 너무 일찍 온 게 잘못이다. 그렇지. 약속이 11시니까 딱 제시간에 도착하게 나오면 되는 거다. 15분 전에 미리 도착해야 한다고 누구도 지시한 적 없으니까.

'팀장을 기다리게 하다니.' 그렇게 생각하니 화가 났다. 어쩌면 사이키는 일부러 늦게 움직였을지도 모른다. 그렇다면 그는 약속 시간보다 빨리 도착해야 한다는 팀장의 평소 신념을 존중하는 대신 효율성을 따지기로 선택한 것이다. 그렇게 생각하면 자기 자신이 한심하게 느껴지기도 한다.

옆자리의 4인석에서는 엄마와 두 아이가 테이블 위에 물건을 펼쳐놓고 있었다. 두 아이 중 한 명이 스마트폰에 열심히 고개를 떨구고 있는 가운데 엄마가 말한다.

"알겠니? 다시 한 번 해보자."

엄마는 스마트폰에서 눈을 떼지 않는 아이의 주의를 환기시키며 가방에서 학습 그림책을 꺼냈다. 또 한 아이는 아직 어린지 알아들을 수 없는 말을 끝없이 종알대고 있었다. 미나코는 기다리는 시간이 길어지면서 참기 힘들어진 탓인지 세 사람에게 냉랭한 시선을 보내게 됐다. 엄마는 그런 옆자리 손님은 아랑곳하지 않고 장난감 시계가 들어간 그림책에 아이의 시선을 집중시키려고 열심이었다.

"자, 2시 정각을 표시해봐."

스마트폰이 치워지고 눈앞에 그림책이 펼쳐지자 아이는 귀찮은 듯 장난감 시계의 바늘을 대충 움직였다.

"그러면 2시가 아니잖아. 엄마는 2시 정각이라고 말했는데? 정각이라는 건 여기야. 몇 번을 말해야 알아들을래."

미나코는 마치 자신이 다그침을 당한 것처럼 마음이 위축된다. 그때,

"죄송합니다. 기다리시게 해서."

그러면서 사이키가 미나코 앞에 나타났다. 테블릿 메뉴판에 신속하게 주문을 넣자 얼마 안 돼 음료가 나왔다.

"시즌 한정 메뉴인가봐요."

사이키가 느긋하게 연녹색 음료에 빨대를 꽂았다. 미나

코는 얼음이 완전히 녹은 아이스아메리카노를 홀짝이지만 커피 맛은 안 난다.

"제가 커피를 못 마셔서요."

사이키는 변명투로 말하고 나서,

"와타아이 씨 댁에 고양이가 있거든요. 너무 늦게 여쭤보네요. 팀장님 알레르기 같은 거 문제없으신가요?"

이어서 앞으로 방문하게 될 고객의 정보를 전한다.

"야옹야옹."

두 사람의 대화가 들렸는지 옆자리 4인석에 앉아 있던 어린 동생이 고양이 흉내를 냈다. 엄마가,

"집에 가자."

그러면서 펼쳐놓았던 물건을 빠르게 정리하고 자리에서 일어섰다. 한 아이는 유아차에 태우고 또 한 아이의 손을 잡았다. 고양이는 집에서 키운 적이 있어서 괜찮다고 말한 다음, 사이키가 의자에 올려둔 유명 백화점의 쇼핑백으로 시선을 가져간다.

"선물은 뭐 준비했어요?"

"그게 말이죠. 백화점에 아침에 갔더니 오픈 시간이 10시 반이더라고요. 알고 계셨어요?"

그게 늦은 이유겠지. 백화점 오픈 시간은 미리 확인해두

면 되는 일이었는데. 선물을 미리 사놓는 방법도 있었을 것이다.

"유통기간이 짧거나 그런 건 아니겠죠."

확인차 물어보니 "물론입니다"라며 미소를 짓는다.

"건면으로 했거든요."

설마 옛날 방식대로 "면처럼 가늘고 길게 앞으로도 잘 부탁드립니다"라는 의미를 담아 소바면을 산 건 아니겠지.

"우동입니다."

사이키가 당당하게 대답한다.

'뭐야, 굵고 짧게 가자고?'

미나코가 속으로 놀라는 사이 사이키가 씩씩하게 말한다.

"제가 좋아하는 거라서요. 이나니와 우동(일본 3대 우동 중 하나-옮긴이)이거든요."

담당자 고향의 명물이라고 하면 대화의 실마리가 될 것이다. 하지만 단순히 자기가 '좋아하는 것'이란 말로는 대화가 이어지지 않는다. 백화점이라면 무난한 쿠키 세트나 화려한 포장의 초콜릿도 있었을 텐데 왜 하필 이런 걸 샀을까. 미리 조언하지 못한 자신이 잘못한 건가. 한 소리 하고 싶지만 약속 시간이 착착 다가오고 있다. 이제 갑시다, 하고 자리에서 일어서려는데 사이키가 미나코를 제지한다.

"여기서 3분 거리예요. 아파트 앞에서 기다리는 것도 이상하고 약속 시간까지 좀 더 있다가 나가는 편이 나아요."

방문 시각까지 12분 남았다. 역 앞의 큰길을 건너면 바로 앞에 있는 4층짜리 아파트가 와타아이의 집이었다. 그 말대로 조금 기다렸다 나와서 길을 지나다 보니 분위기 좋은 베이커리가 있었다. 문이 열리기를 기다리는지 몇 사람이 줄을 서고 있다.

"작년 말쯤 문을 닫은 가게 같아요. 가게 빼기 전에 벼룩시장 여는 거래요. 아까도 꽤 긴 줄이 서 있더라고요."

사이키가 아무렇지도 않은 얼굴로 말한다. 오는 길에 무슨 줄인지 궁금해서 확인까지 하고 온 모양이다. 미나코는 목 빠지게 기다리고 있었는데……. 화가 나면서도 미나코의 시선은 줄 끝으로 간다. 우동을 가져가느니 내일 아침에 드시라고 빵이라도 사 가는 게 센스 있어 보일 것 같다. 하지만 벼룩시장이라고 하니 빵은 팔지 않겠지. 어차피 지금은 시간적 여유도 없다. 미나코는 판단을 잘못한 자기 자신이 미워진다.

역에서 도보로 3분은 틀림이 없었지만 이사 업체가 앞에 짐을 펼쳐놓고 있어서 입구에 들어서기까지 조금 시간이 걸렸다. 이런 일이 생길 수 있기 때문에 일찍 움직일 필요가 있는 것인데. 고개를 절레절레하고 싶은 기분을 억누르면서 사이키에게 인터폰을 누르라고 지시한다.

와타아이의 아내는 영상 관련 일을 하고 있다고 들었다. 오늘은 쉬는 날인지 아니면 재택근무를 하는지 낙낙한 그레이 스웨트셔츠에 편안한 물 빠진 루즈핏 데님 차림으로 두 사람을 맞았다.

"추운 날씨에 여기까지 와주셔서 감사합니다. 집에서 일하는 터라 밖에 나갈 수 없어서요."

부엌 안쪽에 있는 방으로 시선을 옮기니 반쯤 열린 문에서 PC의 선명한 밝은 빛이 흘러나오고 그 옆에 몇몇 복잡한 기기가 놓여 있었다.

"아닙니다. 바쁘신데 시간 내주셔서 감사합니다."

미나코가 명함을 내미는 사이 사이키가 옆에서 감사 인사를 한다. 눈으로 신호를 보내자,

"입에 맞으시면 좋겠는데요."

하며 백화점 쇼핑백을 건넸다. 왠지 모르게 변명이라도 해야 할 것 같아 미나코가 곧바로 "오래 두고 드실 수 있으니까"라며 말을 이어가려는데 쇼핑백을 들여다보던 그녀가 아, 하고 목소리를 높였다.

"이나니와 우동인가요? 정말 좋아하는 거예요. 시어머

니 본가가 아키타라서요, 남편도 좋아할 거예요. 이번 주말에 당장 먹어야겠네요."

"다행이에요. 실은 제가 좋아하는 겁니다. 이 우동은 꾸준히 사 먹거든요."

선물을 받고 좋아해준 게 기쁜지 사이키의 말수가 늘어난다. 고객 앞에서 자기 이야기는 금물인데. 사이키의 말이 길어질수록 미나코는 안절부절못한다.

와타아이 부부의 10년짜리 보험은 이달 말로 만기다. 남편에겐 이미 갱신 서류에 사인을 받았고 부인인 미오리 사인만 남은 상황이었다. 순조롭게 갱신 작업이 진행되고 있다고 사이키에게 보고를 받았다. 그런데 지난 주말 부인이 직접 만나고 싶다며 연락했다고 한다.

"온라인 서명이 불안하시면 우편으로도 가능하다고 전달했어요?"

사이키의 얼굴이 난처한 표정을 띠었다.

"그게, 실은 사인은 이미 받았어요."

"그럼 생각이 바뀌었다는 뜻인가요?"

"그렇진 않을 거예요. 남편분과 갱신할 때도 순조롭게 진행됐고요. 아내하고도 이야기는 다 됐다고 말씀하셨거든요."

이유를 알 수 없다며 사이키는 의아해했다.

"어쨌든 뭔가 불만이 있다는 거잖아요. 직접 만나서 하고 싶은 이야기가 있다고 하니까. 나도 함께 갈게요."

사이키 본인은 관계가 좋았다고 생각해도 고객 입장에선 그렇지 않을 수 있다. 어쨌든 회사 쪽 과실이 있었을 것이다. 부인이 얘기를 꺼내기 전에 먼저 사과하는 게 가장 낫다고 판단한 미나코는 찻잔을 들고 들어오는 미오리에게 어렵게 말을 꺼냈다.

"이번 갱신 과정에서 마음 불편하신 부분이 있었다면 죄송합니다."

거기에 맞춰 사이키도,

"제 설명이 부족했던 것 같아 오늘은 다시 자세한 말씀을 드리려고 찾아뵙게 되었습니다."

그렇게 미리 연습한 말로 천천히 입을 뗐다. 그 말을 들은 미오리가 눈을 끔뻑였다.

"남편이 뭔가 쓸데없는 소리를 했나요? 불만 같은 건 전혀 없어요. 앞으로도 잘 부탁드립니다."

미오리는 눈가에 부드러운 미소를 짓고 천천히 입을 열었다.

"첫 계약 때 담당해주신 분이 사카이 씨라는 분이었는데."

"사카이 유코 씨가 지금은 해외법인 담당입니다."

사카이는 미나코가 신입사원이었을 때 상사였다. 붙임성이 좋고 적확한 판단으로 많은 신규 계약을 성사시켰던 성과는 지금도 전설처럼 전해 내려온다.

"당시는 저희가 막 결혼했을 때라 부부 보험을 어떻게 설계해야 할지 전혀 몰랐어요. 신혼 시절엔 미래의 인생 같은 건 상상하기 어렵잖아요."

미오리는 그 시절이 그리운 듯 눈웃음을 지었다. 건강한 젊은이에게 만약에 입원한다면, 수술이 필요해지면, 만약 사망한다면, 이런 질문을 해도 실감이 안 날 테고 그런 미래 따위 상상하기도 싫을 것이다. 게다가 막 혼인신고를 마친 부부에게 첫 아이 나이를 운운하며 계획을 세워주겠다고 나서도 부담만 커질 뿐이다.

"사카이 씨가 하나하나 꼼꼼하게 이야기를 들어주시고 상담을 잘 해주셨거든요. 그래서 오늘 감사의 말을 꼭 전하고 싶었어요."

미오리의 말에 아, 하는 감탄사가 나오고 말았다. 일부러 집까지 오시게 해서 죄송하다는 미오리를, 전혀 그렇지 않다고 말리고 난 후 "그러셨군요"라고 대답하면서 일단 숨을 내쉰다.

"앞으로도 두 내외분 생활에 책임감을 가지고 도와드리겠습니다."

그렇게 진심을 담아 인사했다. 사이키의 옆얼굴을 보면서 변함없이 흑백을 가르고 싶어 했던 자신의 모습을 알아차린다. 숲으로 둘러싸인 1인 전용 카페에서 먹은 짭짤한 케이크의 맛을 입속에 소환하자 동시에 그때 주인이 했던 말이 머릿속에 다시 떠오른다.

"이기고 지는 것 혹은 정답이 아니라 결과적으로 즐길 수 있으면 좋지 않을까요."

즐긴다……. 자신에게 매번 부족한 게 있다면 여유일 것이다. 미나코가 다시 미오리에게 얼굴을 돌리자 활짝 핀 미소가 쏟아졌다.

☕

뒤에서 봐도 소로리다운 차분함이 사라져버린 걸 알 수 있습니다. 그럴 때는 심호흡을 하고 마음을 일단 편안하게 만드는 게 중요합니다.

그거 있잖아요. 아까 뭔가 어려운 단어를 중얼거렸잖아요. 이완할 때 나온다는 알파파였나요. 자연의 소리를 들을 수 없다면 촛불을 보거나 커피 향을 맡는 것만으로도 한숨 돌릴 여유가 생긴다고 해요. 그런 사실을 떠올리면 좋겠어요.

밖에서는 초겨울의 찬 바람이 불고 있습니다. 차디차 보이는 바람이 유리창을 흔듭니다.

cafe dodo

 일반 쓰레기 버리는 날은 월요일과 목요일. 아침 8시까지 지정된 장소에 내놓아야 한다. 전날 밤에 미리 내놓으면 클레임이 들어온다. 미도리는 일어나자마자 집에서 입는 티셔츠 차림에 바지만 청바지로 갈아입고 쓰레기봉투를 정리했다. 현관 앞에는 이미 쓰레기봉투가 많이 쌓여 있었다.

 결혼 초에 살았던 아파트는 요일이나 시간과 관계없이 쓰레기를 내놓을 수 있었다. 지금 집으로 이사한 건 집세를 아끼기 위해서다. 나름 신축이고 역까지 거리도 나쁘지 않지만 시설 수준이 조금씩 떨어진다. 쓰레기 집하장도 따로 없고 공동 출입구에 자동문만 간신히 설치돼 있을 뿐 관리실 같은 건 없다. 근무하던 음식점이 폐업하면서 일자리를 잃은 뒤 미도리는 여태껏 정규직 일을 찾지 못했다. 수입이 없으면 지출을 줄일 수밖에 없다.

  헤어진 남편과의 결혼 기간은 채 5년이 안 된다. 두 사람만의 라이프스타일이 만들어지기 전에 팬데믹이 시작했다. 남편은 주 2회 재택근무를 했고 미도리도 매장에 못 나가고 집에 있는 시간이 늘어났다. 함께 있는 시간이 길어질수록 도리어 두 사람 사이는 소원해졌다. 그래서일까, 편두통이 항상 관자놀이를 찔러대서 미도리를 더욱 힘들게 했다.

  "말이 재택근무지 그냥 휴가네."

  미도리도 새 직장을 구하지 못해 안절부절못하고 있을 때였다. 헐렁하게 근무하는 남편을 보고 아무 생각 없이 나온 말이었다. 생각해보면 그도 아픈 곳을 찔렸을지 모른다.

  "너는 매장도 안 나가면서 월급 받았잖아."

  말다툼을 하게 되었다. 점점 말수가 줄어들고 작은 일로 다투는 일이 많아졌다. 데이팅 앱으로 알게 된 상대다. 결혼까지의 여정도 간단했지만 그만큼 헤어지는 선택도 스스럼없었다.

그게 언제였을까. 초등학교 3, 4학년 때였나. 좀 더 위의 학년이었을지도 모른다. 입원한 반 친구의 병문안을 가게 되었다. 다섯 명 정도가 담임선생님 인솔하에 병원을 방문했고 그 일은 돌아오는 길에 일어났다. 간선도로를 따라 자동차를 조심하라는 담임의 지도를 받으며 아이들은 일렬로 걸었다. 그때의 광경이 선명히 기억에 남아 있다.

마침 점심시간이었다. 담임이 "먹고 갈까?"라며 길가 라멘 가게를 가리켰다. 앞서 걷던 친구가 "신난다!"라고 천진난만하게 대답했다. 미도리의 부모는 엄격해서 하굣길에 뭘 사 먹는 건 금지돼 있었다. 하지만 담임이 제안한 거라 꾸중을 듣는 일은 없겠지, 생각하며 가게 이름이 적혀 있는 빛바랜 주황색 천을 들추고 안으로 들어갔다.

"쇼유 라멘? 아니면 시오 라멘?"

담임의 말에 각자가 원하는 걸 말했다. 학교 친구들과 외식을 한다는 특별한 이벤트 때문인지 모두 들떠 있었다. 미도리는 그날 먹은 쇼유 라멘의 맛을 지금도 생생히 떠올릴 수 있다.

엄마는 특별히 꾸중하진 않았다. 다만,

"그랬어? 선생님께 죄송한 일이네. 용돈 좀 챙겨줄 걸 그랬구나."

그러면서 갈색 봉투를 내밀었다.

"라멘값이야. 감사 편지도 들어 있으니까 선생님께 꼭 전해드려. 알았지?"

봉투에는 세 번 접은 편지와 500엔짜리 동전 1개, 100엔짜리가 3개 들어 있었다. 짤랑, 하고 둔탁한 소리가 났다. 미도리는 책가방 앞주머니에 집어넣고 고개를 끄덕였다. 하지만 봉투가 주머니 밖으로 나오는 일은 없었다.

점심시간에 담임이 혼자 있을 때나 수업 후 교무실로 돌아가는 복도, 방과 후…… 몇 번이나 건넬 기회를 찾았다. 하지만 아무리 해도 봉투를 건네는 일은 불가능했다. 800엔이라는 동전이 미도리에겐 무척 무겁게 느껴졌다. 무엇보다 미도리는 그걸 내밀 용기가 없었다. 부모님께 봉투를 안 전했다는 말조차 하지 못했다. 미도리는 그 작은 가시를 오랜만에 떠올린다. 한 발짝 내딛는 게 너무 어렵다. 지극히 쉬운 일도 쓸데없는 생각을 하느라 주저하고 만다. 그러고 보니 이런 일도 있었다.

대학 때 주점에서 아르바이트를 했다. 그 주점에서 오래 일하던 아르바이트생이 그만두게 되어 송별회가 열렸다. 처음엔 가겠다고 했는데 막상 당일이 되자 미도리는 가지 않았다. 직전이 되어 귀찮아진 것이다. 그다지 친하지도 않은 아르바이트 동료들과 실없는 이야기를 나누며 즐길 자신이 없었다. 생각할수록 참석할 마음이 사라졌다. 못 간다고 연락도 하지 않은 채 결국 아르바이트까지 무단결근을 했다. 갑자기 몸이 아파서 가지 못했다고 변명하면서. 비난을 받진 않았다. 미도리가 생각하는 만큼 사람들은 남에게 신경 쓰지 않으니까. 그런데 지금까지 걸어온 인생에서 그런 일이 여러 번 있었다.

쓰레기를 버렸을 뿐인데도 티셔츠에 땀이 번져 있다. 역시 에어컨을 틀지 않는 건 불가능하구나. 미도리는 삑, 하고 활기찬 소리를 내는 리모컨을 책상에 올리고 스마트폰을 손에 들었다. 인스타를 열고 도예 교실 동료의 계정으로 들어간다. 이제 자신과는 아무 관계가 없는데도 완전히 습관이 되어버려 손가락이 자동으로 움직인다. 게시물이 막 업데이트된 듯 왼쪽 가장자리에 새로운 사진이 올라와 있었다.

첫 화면으로 돌아가니 추천 게시물이 이어졌다. 오브제 같은 이미지를 누르니 멋진 쇼룸의 페이지로 이동했다. 이번 주부터 가죽공예 작가와 의류업체의 콜라보 팝업이 열린다는 공지가 올라와 있었다. 쇼룸 장소를 알아보기 위해

링크를 누르려고 하는데 스마트폰에 배너가 떴다.

   인스타그램을 보고 있을 때가 아니다, 싶어 황급히 앱을 닫았다.

   스마트폰의 리마인더 앱에 눈을 떨군다. 오늘 오후 1시 30분부터 면접이다. 사이트에서 발견한 구인 공고였다. 카페를 겸하는 잡화점이고 가게 인스타 계정도 따로 있었다. 점포의 인테리어나 메뉴, 판매하는 상품 정보가 나왔다. 모든 상품에 일일이 정성껏 적은 캡션이 붙어 있고 자연광으로 촬영한 사진도 성실한 인상을 풍겼다. 느낌이 좋아서 꼭 채용되고 싶다. 하지만 자신이 과연 호감 가게 행동할 수 있을까, 생각하니 머뭇거리게 된다. 이번에도 직전에 급히 취소하려고? 한숨이 새어 나왔다.

   리마인더 앱을 닫고 은행 앱을 연다. 집세를 자동이체로 해놓지 않은 이유는 언제 다시 이사하게 될지 몰라서다. 입금 완료 표시를 닫고 잔고를 조회한다. 알고는 있었지만 새삼 잔고 숫자를 확인하자 몸이 떨렸다. 이대로 무직으로 지내다간 수개월 후엔 집세도 낼 수 없게 된다. 지원했던 잡화점은 급여가 세진 않아도 정규직이었다. 지금까지 음식점에서 일한 경험도 살리고 좋아하는 가게에서 일할 수 있다면 보람도 있을 것이다.

다시 누군가와 함께 살고 싶은 생각이 지금은 없다. 짧은 결혼생활이 미도리에겐 정신적 부담이 되었는지 혼자가 된 후 오히려 두통의 빈도가 줄었다.

"이러고 있을 때가 아니야." 미도리는 다시 리마인더 앱을 열면서 자신에게 말한다. 몇 번이나 확인한 면접 장소의 지하철 출구 번호 'A5'를 소리 내어 말한 다음 면접용으로 준비해놓은 긴소매 흰 셔츠로 갈아입었다. 셔츠의 얇은 천에 속옷이 비치자 다시 급히 벗고 안에 탱크톱을 입었다. 그것만으로 다시 땀이 났다.

몇 번이나 불합격 통보를 받고 간신히 드럭스토어에 일자리가 정해졌을 때는 여름의 끝자락에 와 있었다. 원하던 직종도 아니고 정규직도 아니었다. 하지만 이것저것 따질 처지가 아니었다. 미도리 담당은 물건 정리와 계산대 업무로 두 가지 다 지금까지 해본 적 없는 일이었다.

미숙한 일 처리로 계산대 앞에 줄이 생기면 그때마다 꼰대 같은 풍모의 점장이 "죄송합니다. 신입이라서요"라고 손님들에게 사과하면서 못마땅한 티를 팍팍 냈다. 고객이 오히려 난처해하며 "힘내세요"라고 응원해줄 때도 있었다. 찾아오는 손님은 아이와 함께 오는 엄마나 출근 때 들르는 회사원, 노인도 많다. 다양한 고객층이 시간을 불문하고 찾아온다.

계산대는 입구 가까이에 두 대가 있고 중앙 계산대라 불리는 또 한 대는 말 그대로 가게 중앙에 설치돼 있었다. 매장 안은 그다지 넓지 않지만 시간대에 따라선 세 대 있는 계산대 앞에 줄이 생길 때도 있다. 계산대 조작이 익숙하지 않은 미도리는 아직도 줄이 생기면 긴장이 되고 그 때문에 입력을 잘못하거나 바코드를 제대로 찍지 못하곤 한다. 그래서 한 남자 손님이 윽박지르는 소리를 들었을 때 미도리는 마치 자신이 욕을 먹은 것처럼 깜짝 놀랐다.

"왜 할인이 안 되지?"

고개를 들고 보니 중앙 계산대의 손님이 손에 든 전단지를 거칠게 흔들고 있었다.

계산대 앞에 서 있는 사람은 구레타다. 미도리보다 몇 살인가 아래인데 어린아이가 있는 싱글맘이라고 들었다. 혼자 있는 걸 좋아하는지 다른 직원과 교류하는 모습을 보지 못했다. 미도리도 출퇴근할 때 인사밖에 한 적이 없었다.

구레타는 화를 내는 손님에게,

"이 전단지는 내일부터 적용되는 거라서요. 지금은 사용할 수 없습니다."

그렇게 무표정하게 말했다.

"손님 대하는 태도가 그게 뭐야?"

손님의 목소리는 점점 더 커졌다.

"너 같은 애는 이런 일 할 자격이 없어. 때려치워."

막말을 던지고 나서 손님은 거칠게 발을 쿵쾅거리며 가게를 나갔다. 슬쩍 구레타의 안색을 살피니 그녀는 마치 아무 일도 없었던 것처럼 다음 고객에게 "손님, 오래 기다리셨습니다"라고 말을 건네고 있었다.

미도리는 자신의 손이 떨리는 걸 느꼈다. 손님이 올린 상품에 바코드 리더기를 가까이 갖다 댄다. 하지만 리더기가 반응하기까지 세 번이나 다시 갖다 대야 했다. 거스름돈을 건네려고 하는데 잔돈이 계산대에 쨍그랑 떨어졌다. 의아하다는 듯 손님이 미도리의 얼굴을 쳐다본다. 안절부절못하며 고개를 숙이는 사이 손님이 먼저 잔돈을 모아 지갑에 넣었다.

"고맙습니다."

자동문이 열릴 때 울리는 벨 소리와 미도리의 떨리는 목소리가 겹쳤다.

"1인 전용으로 하신 이유가 뭐예요?"

요즘엔 문을 열자마자 모든 자리가 차는 일도 흔하다. 공기가 차가운 오늘 밤도 마당 자리까지 만석이다. 소로리는 조리하던 손을 멈추고 손님의 질문을 머릿속으로 천천히 곱씹어본다. 카페 도도를 시작한 이유를 생각해본다. 너무 바빠서 자기 자신을 잃어버렸을 때 《월든》이라는 한 권의 책을 만났다. 자기 페이스대로 살고 싶다, 그렇게 생각하고 '바보'가 어원인 '도도'를 가게 이름으로 정했다.

혼자 지낸다는 건 고독하거나 쓸쓸한 일이 아니다. 자기 자신에게 질문을 던지고 생각의 흐름을 정리하며 깊은 마음과 마주한다. 무척 충만한 일이다. 소로리는 이곳에서 손님들이 자기 나름의 '바보' 페이스를 찾아내고 다시 내일을 맞이하길 바란다. 그런 바람을 담아 가게 문을 열었다.

앞서 질문한 손님이 이야기를 잇는다.

"저는 이 가게에 온 게 오늘로 두 번째인데요."

손님의 얼굴을 기억하지 못하는 편은 아니지만 최근에 갑자기 늘어난 손님들은 머릿속에 담지 못할 때가 많다. 이 긴 머리 손님도 솔직히 기억나지 않는다. 그러시냐고 대답했더니 함께 오고 싶은 친구가 있다고 적극적으로 어필한다.

"죄송합니다. 1인 전용을 바꿀 생각은 없어서요."

"그래요? 아쉽네요."

손님들이 원하는 바를 모르는 건 아니다. 너무 잘 알지만 여럿이 함께 오면 응대하기도 어렵고 떠들썩한 분위기를 꺼리는 손님이 있으면 죄송한 일이다. 동료나 친한 친구끼리 두 사람 정도는 함께 와도 괜찮지 않을까 생각할 때도 있었다. 그편이 가게 운영에도 도움이 될지도 모른다. 하지만 역시 이곳은 혼자서도 편안하게 쉴 수 있는 가게로 남아 있으면 좋겠다. 다만 이렇게 끊임없이 손님이 찾아오는 상황은 진짜 편안함과는 동떨어져 있는 게 아닌가, 그런 생각을 하면서 소로리는 만석인 가게 안을 불안한 마음으로 둘러본다.

"이 가게에선 뭔가를 주잖아요. 고민을 해결해주는 굿즈였나요."

입구 가까운 곳에 앉은 손님이 말하자,

"그런 서비스가 있어요?"

전에 왔을 때는 그런 서비스가 없었다면서 정면에 앉은 손님이 입을 삐죽인다. 손님이 늘어나면서 가게 정보나 관련 게시물이 눈에 띄기 시작했다고 들었다. 그런 정보를 보고 멀리서도 손님들이 찾아오기 시작한다.

소로리는 손님이 말하는 서비스에 대해선 아무 대답을 하지 않고,

"오늘의 추천 메뉴입니다."

그렇게 말하고 완성된 요리를 손님 앞에 내어놓았다.

☕

드럭스토어의 뒷문을 나서며 미도리는 자기도 모르게 어깨를 움츠렸다. 양손을 맞대고 호, 하고 비비는데 왼손 약지의 반지가 느껴졌다. 입에서 하얀 입김이 나왔다. 가게 안의 난방은 낮은 온도로 설정돼 있다. 계산대 앞에 서 있으면 발부터 차가워진다. 전기 히터가 없으면 가만히 서 있기 힘들 정도다. 그렇게 매장이 싸늘하지만 한 발짝만 밖에 나오면 몸이 더 움츠러든다. 그토록 추운 가게인데도 최소한의 난방은 작동되고 있었구나, 새삼 알게 된다.

월급날이 가까운데도 통장 잔고에 여유가 있는 것은 일을 시작한 후로 어딘가 들를 기력이 없었기 때문이다. 일주일에 이틀 쉬는 날도 휴식을 위해, 그러고 보니 거의 외

출은 하지 않았다. 가끔 외식 정도는 괜찮겠지, 하고 미도리는 전에 갔던 1인 전용 카페로 향했다.

남편이 재택근무를 하는 날이면 미도리는 여기저기 일부러 볼일을 만들어 나가 있을 때가 많았다. 표면상으론 일하는 남편을 배려해서였지만, 일을 하는 건지 뭘 하는 건지 알 수 없는 답답한 남편 모습과 그럼에도 한마디도 못 하는 숨 막히는 분위기를 피하고 싶었기 때문이다.

그렇다 해도 대부분 근처 마트에서 물건을 사는 정도였다. 2층 건물인 마트의 구석구석을 샅샅이 둘러봐도 30분이면 끝나버린다. 물건도 안 사면서 계속 어슬렁거리다 의심을 사진 않을까 싶어 너무 오래 머물지 않으려고 신경을 썼다. 자동문을 나와 자전거가 세워진 곳을 향하며 '이제부터 어떻게 시간을 보내지?' 하는 게 미도리의 가장 큰 고민거리기도 했다.

카페 도도를 그 시절 알았더라면 좋았을 텐데. 이 카페를 알았다면 남편과의 관계도 그렇게 악화되거나 어이없이 무너지진 않았을지 모른다고, 가정법의 문장을 잔뜩 나열한다. 생각하면 끝이 없다. 숲에 둘러싸인 카페로 이어지는 골목 바로 앞에 간판이 나와 있었다. 추천 메뉴에 '가라앉은 기분이 다시 떠오르길 기다리는 오차즈케'라고 적혀 있다.

☕

가라앉은 기분이 다시 떠오르길 기다리는 오차즈케.

변함없이 독특한 메뉴 이름이군요. 소로리는 그날 방문하는 고객의 얼굴을 상상하면서 레시피를 생각하나 봅니다. 어쩌면 그 반대일지 모르겠네요. 소로리가 생각한 메뉴와 비슷한 고민을 가진 사람들이 저절로 이 숲을 찾아올 수도 있으니까요.

고개를 숙인 채 골목에 나타난 이 손님도 틀림없이 기분이 가라앉아 있을 테죠.

☕

하는 일도 순조롭고 텍스타일 디자이너로서 명성을 얻은 무쓰코조차 이런저런 생각이 많다. 독립했을 때부터 스케줄 관리에 동일한 모양의 수첩을 사용하고 있다. 말하자면 무쓰코는 똑같은 수첩을 40번 구매한 것이다. 표지가 합성 가죽으로 된 프랑스 브랜드의 제품인데 펼친 면에 주간 일정을 적을 수 있다. A6 사이즈에 세로로 시간 단위별로 구체적인 일정을 적는 형식이다. 화려한 표지색도 도드라진 특징 중 하나인데 매년 다른 색을 선택한다. 지난해 말 구매한 것은 삶은 달걀노른자 혹은 겨자색 같은 진노랑 표지다.

무쓰코는 노란색 수첩을 뒷면이 앞으로 오게 뒤집어서 맨 마지막 페이지를 펼친다. 거기엔 내년 이후의 일정이 적혀 있다. 4년 후의 날짜가 적혀 있는 것도 있었다.

"4년 후…… 나는 대체 몇 살이 되는 거지."

무쓰코는 한숨을 내쉰다. 수년 후까지 일정이 잡혀 있다는 것은 매우 감사한 일이다. 젊은 시절엔 업무량이 들쭉날쭉해 두려워하던 시기도 있었다. 그걸 생각하면 지금의 자신에게 그동안 잘해왔다고 칭찬해주고 싶다. 최근에는 라이프스타일 잡지 등 매체에서 인터뷰 요청을 받는 일도 늘었다. 자신은 뒤에서 일하는 사람이니까, 라며 사진 촬영만큼은 일절 거절하고 있지만 텍스트만 나오는 인터뷰나 작품 소개는 가급적 응하려고 한다.

예전에 디자인한 텍스타일을 이용한 식기나 문구가 상품으로 출시되는 것처럼, 무쓰코가 직접 관여하는 일 없이

라이센스 허가만으로 일이 진행되기도 했다. 감수라는 이름 아래 편의점에서 파는 디저트에도 이름이 올라가지만 실제로는 패키지 디자인과 제품을 최종 단계에서 확인만 할 뿐이다.

직접 일하지 않아도 상품화된다니. 무쓰코에겐 수입이 생기고 그것으로 생활이 충분하기 때문에 부정할 생각은 털끝만큼도 없다. 하지만 이래도 되나, 하는 의문이 머릿속을 떠나지 않는다. 타임 퍼포먼스로 따지면 이보다 좋을 수 없지만 시간은 그렇게 함부로 단축할 수 있는 것만은 아닐 것이다. 일이 되어가는 과정뿐 아니라 괴로운 일도 슬픈 일도 시간이 해결해주는 경우가 있다. 그걸 단숨에 줄이려고 하면 어딘가에서 반드시 균열이 나타난다. 그 균열을 못 본 척 지나쳐버린다면 나중에 돌이킬 수 없게 되지 않을까. 무쓰코는 휴, 한숨을 토해내고 수첩을 닫았다. 얼굴을 드니 가게 주인 소로리와 눈이 마주쳤다.

"오늘은 여유롭네요. 이런 날은 오랜만인 것 같은데?"

추운 밤이다. 가게 안에선 오렌지빛 동그란 촛불이 조용히 흔들리고 있다. 요즘 카페 도도는 들어가지 못할 정도로 인기가 많다. 특별히 좋아하는 가게니까 인기가 많은 건 더없이 기쁜 일이다. 그렇지만 한편으론 예전과 같은 평온한 분위기가 그리워지기도 한다. 가게 주인 입장에선 붐비는 것만큼 좋은 일도 없으니 이건 어디까지나 손님의 이기심이다.

"그렇죠? 마음이 편해요."

소로리는 방긋 웃음을 지었다.

"어머나. 손님이 적어서 마음이 편하다니요."

무쓰코가 놀린다.

"하긴, 소로리 씨라면 그럴지도. 누가 뭐래도 도도니까요."

가게 이름 도도의 유래는 '바보'라고 예전에 소로리가 가르쳐주었다.

"네. 이 녀석도 요새 너무 붐벼서 놀랐는지 눈이 둥그레졌어요."

무쓰코가 직접 그려 선물한 일러스트를 손가락으로 가리킨다.

"도도는 원래 눈이 동그래요."

무쓰코가 짓궂은 표정으로 미소 짓는다. 입구 문이 끼익 소리를 내며 열렸는데, 부엌에서 조리하던 소로리의 귀에는 들리지 않았던 것 같다.

"어서 오세요. 카페 도도에 오신 걸 환영합니다."

오십 대쯤 된 여자 손님에게 소로리가 뒤늦게 당황해서 인사를 건넸다. 무쓰코가 가볍게 눈인사를 하자 들어온 손님도 친근하게 미소로 답한다. 무쓰코와 두 자리 떨어진 의자에 앉아 소로리에게 주문을 한다.

"오늘의 추천 메뉴 부탁드립니다."

"나도 그거 주문한 참이에요. 어떤 요리일까."

무쓰코가 소로리와 손님 모두에게 들리게 이야기하자,

"음, 가라앉은 기분이 다시 떠오르길 기다린다는 메뉴 이름이 딱 지금의 저에게 필요하다는 생각이 들었어요. 그래서 그냥."

그러면서 손님이 괴로운 표정을 짓는다. 눈썹은 말끔히 정돈되었고 도자기같이 매끄럽고 하얀 피부가 약간 어두운 가게의 불빛에 반사되어 반들반들 빛이 났다. 확실히 전에도 이 가게에서 만났던 손님이다. 베이커리를 운영한다면서 소로리에게 미니 나이프를 빌려주었던가. 예전 일을 떠올리며 무쓰코가 미소를 보냈다.

"가라앉은 기분이……."

부끄러운 듯 얼굴을 붉히는 모습이 사춘기 학생 같다. 인생에 대해 고민하는 건 어른이 되어서도 그 시절과 똑같다.

원래는 엄마와 둘이 운영하던 베이커리인데 엄마가 외조부모님을 돌보기 위해 고향으로 간 뒤 혼자서 맡게 됐다고 한다. 그녀는 혼잣말하듯 말했다.

"혼자서 베이커리를 운영한다는 건 정말 힘들잖아요."

그렇죠? 하며 소로리에게 동의를 구하자 소로리도 얌전히 맞장구를 친다.

"그래서 영업일과 제품 수를 줄였어요. 그럭저럭 지금까지 꾸려왔네요."

엄마와 함께한 날로부터 12년, 혼자서 한 지 5년이 되었다고 한다.

"그 매장 계약이 올해 3월 말까지예요."

"3월? 이제 석 달도 안 남았네요."

무쓰코가 손가락을 구부리며 헤아리자, 손님이 "맞아요"라며 고개를 끄덕이더니 이내 어깨를 떨구었다.

"그런데 이전할 곳을 아직 정하지 못하고 있어요."

"요즘 빈 점포는 늘고 있는 것 같은데요."

소로리가 대화에 끼어든다.

"네. 매물이 전혀 없는 건 아니에요. 하지만"

"결정을 못 내리고 있군요."

무쓰코가 먼저 대답하자 "맞아요, 그 상황이에요"라며

그녀가 고개를 들었다. 무쓰코는 지금까지 내부 인테리어 등 창업을 도왔던 음식점과 숙박시설 담당자에게 들었던 이야기를 머릿속에 떠올리며 생각을 정리해본다.

"단골과 멀리 떨어지고 싶지 않다는 생각은 하고 있어요. 그렇게 좁히다 보니 후보가 점점 줄어들어요."

좋은 손님들이 지켜주신 가게구나, 라고 그녀의 가게를 상상한다. 동네 사람들에게 사랑받아온, 엄마와 딸이 운영하는 베이커리. 그녀라면 어디서든 손님과 좋은 관계를 계속 맺을 수 있을 것이다.

"다만" 다시 말을 잇던 그녀의 눈동자가 흔들렸다.

"어쩌면 확고한 신념이 없기 때문일지 모르겠어요. 단골 때문이라고 말은 해놓고 실은 그냥 머물러 있는 것일지도 몰라요."

"가게를 하는 건 본인이니까 원하는 대로 하면 되지 않나요? 물론 그걸 알면 간단한 일이겠지만."

무쓰코가 자기 자신에게 말하듯 중얼거린 딱 그 타이밍에,

"오래 기다리셨습니다."

카운터 위에 요리가 올라왔다. "가라앉은 기분이 다시 떠오르길 기다리는 오차즈케입니다."

소로리의 목소리를 덮어버리듯 '맛있겠다!'라는 두 사람의 목소리가 겹쳤다. 청회색 낙낙한 사기그릇에 밥이 담겨 있고 그 위에는 김 가루와 가다랑어포가 뿌려져 있었다. 한가운데에 둥근 공 모양의 모나카가 놓여 있었다.

"잘 먹겠습니다"라며 두 사람이 손을 모으자 소로리가 당황해서 "아, 잠깐만 기다려주세요"라고 말한 뒤 그릇 위에 뜨거운 녹차를 부었다. 이어서 보세요, 라고 통통 튀는 목소리로 말하자 두 사람이 그릇으로 시선을 돌렸고 방금까지 없던 연분홍 꽃잎 몇 장이 그릇 속에서 헤엄치고 있었다.

"와, 예쁘다"라며 그녀가 눈을 반짝였고 "소로리 씨 마술사라도 된 건가요"라고 무쓰코는 농담을 던졌다. 모나카가 녹차에 녹으면서 안에 싸여 있던 꽃잎이 동동 떠오른 것이다.

"떠오르길 기다리는 겁니다."

소로리의 자신만만한 목소리에 무쓰코는 알겠다는 듯 미소를 지었다.

"가라앉은 기분도, 방황하는 마음도 기다리다 보면 언젠가는 살며시 떠오르겠지요. 이 꽃잎처럼."

소로리의 목소리에 베이커리를 운영한다는 여자 손님

도 조용히 귀를 기울이다가,

"우선 가만히 기다리는 것도 중요한 일이네요."

"나도 어디에도 못 가고 지금은 사방이 꽉 막혀 있어요. 여행 가고 싶다."

모든 것이 발전했는데 자유롭게 여행을 못 가는 이유는 무엇일까. 좀 더 풍요롭게, 좀 더 편리하게, 라고 외치며 모두 달리기만 한 결과가 세상을 위기로 몰아넣고 있다. 그릇 속에서 벚꽃잎이 자유롭게 떠다니고 있었다. 자유란 무엇일까, 그런 걸 생각했다. 벚꽃의 계절은 곧 올까. 다만 기다려보는 수밖에 없다.

"조금만 더 힘내세요."

소로리가 자리에 앉는 손님에게 눈길을 주며 작은 목소리로 속삭인다. 그렇게 말하는 소로리 자신이 조금 쓸쓸하고 피곤해 보이기도 했다.

"수고해요. 또 올게요."

격려의 의미를 담아 밝게 인사를 건네고 나서 무쓰코는 가게 문을 나섰다. 카페 도도의 밤은 아직 끝날 것 같지 않다. 문이 닫히는 소리와 딸랑, 하는 벨 소리가 겹쳤다.

미도리가 카페 도도에 들어서자 나이 많은 여자 손님이 가게를 나섰다. 전에 왔을 때도 본 적 있는 단골손님이다. 가게 안에는 오십 대 정도의 여자 손님이 있었는데 역시 본 적 있는 것 같기도 했다. 추천 메뉴인 '가라앉은 기분이 다시 떠오르길 기다리는 오차즈케'를 주문하면서 미도리는 드럭스토어에서 있었던 일을 떠올리고 있었다.

귀청이 찢어질 듯한 소음이 가게 안에 울려 퍼진다. 아니, 실제로는 그렇게까지 큰 소리는 아니다. 그런데도 미도리는 깜짝 놀란다. 에러 기계음이 왜 이렇게 귀에 거슬리는 걸까. 계산대의 에러 기계음은 마치 일하는 사람을 비난하는 것처럼 요란스럽게 울린다. "에잇, 또 틀렸잖아요"라고, 가차 없이 비난을 퍼붓는 것 같다.

미도리가 교대 근무에 들어가자마자 '계산대 지원 바랍니다'라는 방송이 나왔다. 계산대가 혼잡해지면 누군가 가까운 곳의 방송용 벨을 누른다. 손이 비는 사람은 계산대로 와 달라는 신호다.

특판 중인 두루마리 휴지 재고를 창고에서 운반하던 미도리는 계산대 일손을 지원할 여력이 전혀 없었다. 하지만 가게 안을 둘러보아도 어떤 직원도 움직일 기미가 안 보인다. 두 번째로 '계산대 지원 바랍니다'라는 방송이 나오자 미도리는 하는 수 없이 12개들이 두루마리 휴지가 가득 쌓인 카트를 한쪽에 세워놓고 중앙 계산대에 들어갔다. 줄 서 있던 손님에게 "이쪽으로 오세요"라고 말을 건네자 젊은 남자 손님이 급한 걸음으로 미도리 앞에 섰다. 상자에 든 마스크의 바코드를 읽으려고 리더기를 가까이 가져갔는데 에러 음이 울렸다.

"어?"

esc 버튼을 눌러도 에러 음은 멈추지 않는다. 손님이 대놓고 짜증나는 표정을 보인다. 미도리는 죄송합니다, 연신 말하며 esc 버튼을 계속 눌러보지만 변함이 없다. 미도리가 호출 벨을 눌렀고 점장이 나타났다. 희미하게 담배 냄새가 난다. 어차피 뒤에서 땡땡이를 치고 있었을 것이다.

"손님, 정말 죄송합니다."

점장이 호들갑스럽게 사과한 뒤 계산대를 조작하자 간신히 에러 음이 멈췄다. 계산이 끝나자 방금까지 그토록 길게 늘어섰던 고객들의 줄이 이미 사라지고 없었다. 기다리다 못한 손님들이 다른 계산대 쪽으로 모두 이동한 듯하다.

"바코드를 갖다 댈 때마다 에러가 떴어요."

주뼛거리며 설명하는 미도리의 말을 점장이 가로막는다.

"말했죠. 계산이 끝나면 반드시 엔터키를 누르라고. 바로 앞의 계산 기록이 그냥 남아 있으니까 에러가 뜨잖아. 그 전 손님에게 거스름돈은 드렸어요?"

"그 전이요?"

"지금 손님 바로 앞에."

점장은 지겹다는 듯 말하지만 이전 손님은 미도리가 계산을 하지 않았다.

"그건 모르겠는데요……"

변명처럼 들렸는지 점장은 화가 난 듯 말을 던진다.

"아무튼 조심 좀 해요. 몇 달쨰데 아직도 이런 실수를 하는 거야."

"저는 물건 정리를 하고 있어서 그 전 손님은 제가 계산을 하지 않……"

미도리가 억울한 마음에 말하자 그래? 하더니 금세 말을 바꾼다.

"일단 휴식 시간을 지금 쓰세요. 여긴 내가 맡을 테니까."

그러면서 언짢은 표정을 짓는다. 미도리는 바로 창고로 들어간다. 곧바로 구레타가 뒤따라 들어왔다. 몸을 돌려 인사를 하자,

"휴식 시간?"

그렇게 말을 걸었다. 미도리가 고개를 끄덕이자,

"나도. 2층?"

구레타카 무뚝뚝하게 말을 이었다. 계단 중간에 작은 휴게공간이 있다. 커피 자판기와 소파가 놓여 있을 뿐이지만 창문도 있어서 비교적 안락하다. 미도리가 고개를 끄덕이자, 구레타는 손에 들고 있던 스마트폰으로 시간을 확인한다.

"먼저 가요. 화장실 들렀다 갈게요."

그러면서 개인 사물함의 문을 열었다. 소파에 앉는다. 발의 피로감을 느끼며 장딴지를 주무르고 있으니 가벼운 발소리를 내며 구레타가 계단을 올라왔다.

"자판기 커피까지 돈 내고 먹어야 한다니 진짜 최악이야."

소파의 미도리에겐 눈길도 안 주고 잔돈을 넣은 다음 자판기 버튼을 눌렀다.

"안 마셔요?"

그렇게 물으면서 처음으로 구레타가 미도리를 쳐다본다.

미도리는 "네, 저는 괜찮아요"라고 했지만 그래도 뭐 좀 마셔볼까, 하면서 주뼛주뼛 일어섰다.

"같은 거 괜찮아요? 카페오레."

당황하는 미도리는 신경도 안 쓰고 구레타는 버튼을 눌렀다.

"저기……."

카페오레가 들어 있는 종이컵을 건네받고 당황하며 돈을 내려고 하자 구레타는 그냥 두라며 손을 젓더니 "아, 피곤하다" 하며 털썩 소파에 주저앉았다. 화장실에서 화장을 고치고 왔는지 구레타에게서 은은한 향수 냄새가 났다.

"점장 말이에요, 진짜 웃겨. 만날 땡땡이만 치면서. 계산대 붐비는 걸 알았으면 본인이 와서 하면 되잖아."

구레타의 거침없는 말투에 고개를 끄덕이며 카페오레를 입에 가져간다. 설탕 맛만 가득한 보통의 자판기 커피였지만 미도리는 의외로 맛있게 느껴졌다.

"맛있다."

"이게 뭐가 맛있어."

구레타가 피식 웃음을 터트렸다. 미도리도 덩달아 웃는다.

"아까는 무슨 일이에요?"

앞의 계산이 마무리가 안 된 걸 모른 채로 미도리가 새로운 계산을 시작해서 일어난 일이라고 상황을 설명한다.

"그럼 도키토 씨가 실수한 게 아니잖아요."

"뭐, 그렇긴 한데요. 앞의 계산이 마무리되었는지 확인하지 않은 저도 잘못하긴 했어요."

"누가 그렇게까지 확인해요. 급하게 계산대 지원 들어간 건데."

구레타가 화를 낸다. 그 계산대 마지막에 누가 썼더라, 하며 고개를 갸웃거리다가,

"아무튼 잘못한 건 도키토 씨가 아니에요. 다른 사람이 잘못한 거죠."

구레타가 그러면서 큰 소리로 웃었다.

"구레타 씨는 나이에 비해 멘탈이 강해 보여요."

지난번에도 세일 기간을 착각한 손님이 시비를 걸어도 끄떡하지 않았다며 미도리가 감탄하자,

"그런 귀찮은 손님이 하는 말은 귀에 담지 않으려고 해요."

"귀에 담지 않는다고요?"

미도리는 그때 옆에서 긴장한 나머지 손 떨림이 멈추지

않았다.

"웬 헛소리야, 하면서 속으로 무시하는 거죠. 그래서 손님이 더 화를 내는지 모르겠지만."

그렇다고 나 자신을 희생할 필요는 없잖아요, 그러면서 어깨를 으쓱해 보였다.

"그나저나 점장 머리 봤어요? 어쩌면 좋냐고. 부인과 딸이 너무 불쌍해요."

점장은 휴일이 지나 머리를 아주 짧게 깎은 채 출근했다. 앞머리는 오일인지 왁스인지, 아무튼 헤어 제품을 너무 과하게 발라서 딱 달라붙어 있었다.

"도키토 씨가 헤어로션 좀 갖다줘요."

미도리가 작게 속닥이자,

"싫어요~."

웃음소리가 층계참에 울려 퍼졌다.

동료와 상사 뒷담화를 하는 게 이래서 재밌구나, 하며 미도리 얼굴에 자꾸만 웃음이 번졌다. 종이컵에 남은 카페오레를 입에 털어 넣는다. 역시 맛있는데, 그렇게 생각했다.

가라앉은 기분이 다시 떠오르길 기다린다. 지금의 미도리는 그 의미를 막연하게나마 이해할 수 있다. 남편이 이

혼하자고 말을 꺼냈을 때 아무런 반론도 못 하고 그냥 동의했다. 그때 좀 더 이야기를 나눴더라면 상황이 달라졌을까. 어쨌든 제대로 시간을 들여 대화를 나눴어야 했는데 그냥 남편이 하자는 대로 따른 것은 자신의 나약함 때문이다.

카운터 한구석에 핸드크림이 놓여 있었다. 유명한 화장품 브랜드 제품인데 손님 중 누군가가 두고 간 물건일 것이다. 미도리는 자신의 손에 눈을 떨군다. 핸드크림을 바르는 건 고사하고 박스를 나르고 접착테이프를 뜯어내는 작업을 하다 보니 손이 완전히 거칠어졌다. 그래도 미도리는 자기 손이 예쁘게 느껴졌다. 내내 끼고 있던 왼손의 반지를 쓱 빼서 가방에 넣었다. 가방 바닥에서 작게 또르르 구르는 소리가 났다.

가게 문을 닫고 정리를 마친 소로리가 부엌 의자에 앉아 책을 펼치고 있습니다. 그가 애독하는 책 《월든》입니다. 소로리의 이름도 이 책의 저자인 '소로우'에서 따왔을 정도니, 그가 얼마나 이 책을 사랑하고 이 책을 통해 구원받

앉는지 상상할 수 있겠지요.

눈을 떨구고 있던 책을 살며시 덮고,

"그렇구나."

소로리가 저에게만 들리는 작은 목소리로 중얼거렸습니다.

cafe dodo

 지저귀는 새소리에 미하루는 눈을 떴다. 살풍경한 아파트에 살지만 최소한의 자연을 느끼고 싶어서 스마트폰 알람 소리를 새소리로 설정해두었다. 커튼 너머 하늘이 하얗게 밝아오고 있었다. 긴 여름의 끝자락이 드디어 보이기 시작했지만 아침에 일어날 때마다 여전히 땀이 난다. 침대에서 기어 나와 냉장고에서 생수를 꺼낸다. 페트병에 입을 대고 목을 축였다. 체온이 훅 내려갔다. 텔레비전을 켜니 며칠 전에 결혼을 발표한 남자 배우가 기자회견을 하고 있었다.
 "기자회견 하나 보네."

흥미로운 이야깃거리가 별로 없었던 탓인지 요 며칠 그 배우의 결혼 이야기로 온통 도배가 됐다. 미하루가 운영하는 베이커리 르시엘에 매일 아침 들르는 할머니도 "그거 봤어요? 저 사람, 결혼했대"라며 눈을 반짝였고 어린이집에서 아이를 데리고 집에 가는 길에 들른 엄마는 "어린이집 엄마들 사이에서도 온통 이 얘기뿐이에요"라고 흥분한 듯 말했다. 그 모습을 보며 사람들이 이 일에 얼마나 관심이 많은지 알게 됐다.

미하루도 평소 관심을 두던 배우는 아니었지만 자기도 모르게 기자회견에 귀를 쫑긋 세우게 된다. 텔레비전 화면에선 기자들에게 둘러싸인 배우가 상냥한 미소를 짓고 있었다.

"예비 신부와는 서로 어떤 호칭으로 부르시나요?"

흔히 나오는 익숙한 질문에 배우가 대답한다.

"서로 편하게 이름 부릅니다."

"프러포즈 때 뭐라고 하셨나요?"

그런 얘기를 들으면 대체 뭐가 즐거울까? 아무리 연예인이지만 구체적으로 무슨 말을 했는지, 그런 게 왜 중요할까.

"자녀계획은 어떻게 세우셨나요?"

리포터의 배려 없는 질문이 몇 가지 이어진 후,

"마지막으로 딱 하나만 더 질문 드릴게요. 예비 신부께서는 어떤 요리를 잘하십니까?"

예능 프로에서 종종 보는 리포터가 마무리 질문을 던졌다.

"음, 글쎄요?"

진지하게 고민하는 배우를 뒤로하고 미하루는 텔레비전을 껐다. 눈과 귀에 피로감이 느껴졌다. 지금이야말로 여름의 끝을 장식할 기회라는 듯 뜨거운 햇살이 방으로 쏟아져 들어왔다. 나갈 채비를 하면서 몽롱한 기분의 정체를 파악하고자 애썼다.

부모들은 자신이 행복하다면 자식도 같은 길을 걷게 하고 싶을 것이다. 혹은 그 길밖에 알지 못하기 때문에 다른 선택지를 제시하지 못하는 것일 수도 있다. 미하루의 부모님은 지극히 평범한 결혼생활을 했고 비교적 행복하다고 말할 수 있는 삶이었다. 베이킹이라는 엄마의 취미를 일로 삼을 때도 아버지는 적극 밀어주었다. 꽤 잘 됐던 가게를 딸에게 맡기고 도쿄를 떠난 이유가 장인, 장모를 돌보기 위해서였는데도 아버지는 불평 한마디 없이 엄마를 따라나섰다. 방금 배우의 기자회견을 보며 피곤했던 이유는 좋은 가정에 대한 상투적인 이미지가 여전했기 때문이다.

"예비 신부께서는 어떤 요리를 잘하십니까?"

리포터의 질문은 요리가 여성의 몫이라고 정해놓은 말이다. 요리 잘하는 아내는 모두의 이상향이고 엄마가 집에 없을 때는 '반찬은 냉장고에 있어'라고 메모를 남기는 게 아름다운 모습일까. 성별에 따른 역할 분담에 대한 의식은 여전히 멈춰 있는 걸까. 그렇게 생각하면 소름이 끼친다. 집에서 르시엘까지는 한 정거장 거리라서 여유가 있을 때는 걸어가기도 한다. 아침 일찍 맑은 공기를 마시며 멍하니 걷다 보니 머릿속이 차분하게 정리되었다. 텔레비전에서 들리던 낭랑한 목소리가 떠오른다.

"자녀계획은 어떻게 세우셨나요?"

결혼하면 아이를 갖는 게 당연한 일인가. 자녀계획을 안 세웠을 수도 있는 것 아닌가. 과연 몇 살까지 출산이 가능한 걸까. 출산의 기회를 자기도 모르는 사이 흘려보내고만 것인가. 그렇다면……. 생각이 꼬리를 문다. 앞으로도 혼자서 르시엘을 꾸려나가는 모습을 상상한다. 쿠키와 빵을 굽는 데는 체력도 필요하다. 과연 몇 살까지 할 수 있을까. 엄마처럼 때가 되면 나도 부모님을 돌보게 될 텐데 그때는 외할아버지, 외할머니 집으로 가게 될까. 아니면 요양 시설에 부모님을 맡기고 도쿄에서 계속 살게 될까.

 가게의 갑 티슈가 다 떨어졌다는 걸 떠올리고 드럭스토어로 향한다. 이렇게 생필품을 바로 살 수 있는 것도 도시에 살고 있기 때문이다. 지방에는 차를 타지 않고선 편의점조차 갈 수 없는 곳도 많다. 인터넷으로 사면 된다고들 하지만 그깟 티슈 하나 사려고 몇 번이나 클릭을 하고 배달을 기다리는 것도 귀찮다. 대자연이 펼쳐진 곳에 가게를 여는, 그런 안락한 생활을 동경한 적도 있었다. 하지만 편리함을 포기할 용기는 없다.

 드럭스토어의 계산대 앞에는 세 명 정도 손님이 줄지어 서 있었다. 초보처럼 보이는 여자 직원이 남자 직원의 지도를 받으며 어설프게 계산대 버튼을 두드리고 있었다. 미하루의 순서가 오자 "어서 오세요"라고 주뼛거리며 인사했다. 미하루보다 열 살 이상 어려 보인다. 왼손에 낀 반지를 보며 이 사람은 가족과의 생활을 지키기 위해 이렇게 익숙하지 않은 일을 하고 있구나, 상상한다. 계산을 마치자 여자 직원은 계산이 끝났다는 표시로 가게 이름이 들어간 셀로판테이프를 티슈 옆에 정성스레 붙이고 있었다. 이를 지켜보던 남자 직원이 빨리 하라고 주의를 주더니 미하루 쪽을 바라보며 "죄송합니다. 아직 신입이라서요"라며 사과했다. 여자 직원의 굳은 표정을 보며 미하루는 자기도 모르게 "힘내세요"라는 말이 튀어나왔다. 깜짝 놀란 듯 고개를 든 그녀가 "고맙습니다"라고 기어들어 가는 목소리로 대답했다.

지나가는 길에는 부동산의 유리창에 빈틈없이 붙어 있는 매물에 시선을 보냈다. 여기를 지날 때마다 보고 있어서 그런지 어느새 매물 순서와 임대료까지 외우고 있다. 눈길을 끌 만한 신규 매물은 오늘도 나오지 않았다. 온라인으로도 매물을 살펴보고 있는데 여러 사이트에 동일한 매물이 올라와 있는 경우도 많다. 처음엔 후보로 생각했던 매물도 계속 떠 있으면 인기가 없는 건가, 부족한 점이 많은가 하는 의구심이 올라와 좀처럼 방문 희망 버튼을 클릭하지 못하고 있었다. 고민하는 사이 괜찮아 보이는 곳들은 차례로 리스트에서 자취를 감추어갔고 그때마다 결단력 없는 자신의 모습을 재차 확인한다.

가게는 1월 말에 우선 문을 닫고 3월 계약일까지 집기를 정리하고 가게를 원상 복구할 예정이다. 만약 그때까지 이전할 곳을 찾지 못하더라도 혼자 생활하는 미하루가 당분간 살아갈 수 있을 정도의 돈은 있었다. 하지만 기자재와 집기를 보관할 공간이 없다. 단기 임대 창고를 찾아봐야 하나. 생각할 게 너무 많다. 시간은 자기 페이스를 늦추지 않고 착착 흘러간다.

가게 이전 소식을 SNS로 알리고 가게 앞에도 공지한 것은 가을바람이 차게 느껴지기 시작할 즈음이었다. 오랫동안 영업을 해왔는데 아무 말 없이 문을 닫는 건 손님들께 죄송한 일이다. 그래서 조금 일찍 '르시엘 이전합니다. 기존 매장에서는 내년 1월까지 영업합니다'라고 명시를 했다. SNS에 올린 그 게시물에 지금까지와는 비교할 수 없을 만큼 높은 조회 수가 찍혔다. 댓글도 놀라울 정도로 많이 달려서 일일이 답글을 다는 것만으로도 엄청난 일이 되었다.

'10년 전에 가본 적 있었는데 이제 없어진다고 생각하니 아쉬워요.'

'한번 가보고 싶었는데.'

이런 댓글을 읽을 때마다 '단골도 아니면서 갑자기 아쉬워하는 사람들이 늘어난다는 게 이거구나' 싶어 쓴웃음이 나왔다.

'한번 가보고 싶었으면 가게 문 닫기 전에 와보세요'라고 말꼬리를 잡고 싶기도 하고 10년 전에 왔던 걸 가지고 뭐가 그렇게 아쉬울까 어이가 없기도 하다. 그러나 미하루는 댓글 하나하나에 정성스럽게 '르시엘에 관심 가져주셔서 감사합니다'라고 답글을 달았다. 낯익은 단골손님의 글도 있었는데 '새 가게도 무척 기대돼요' '장소가 어디든 찾아갈 거예요' '어디든 따라갑니다' 같은 긍정적인 댓글이 많아서 마음이 편안해졌다. 열심히 지켜온 르시엘이 이런 손님들 덕분에 지금껏 유지될 수 있었다는 사실을 새삼 확인할 수 있어서 기쁘기도 하다.

한차례 댓글 다는 작업을 마친 뒤 인스타그램을 닫고 부동산 소개 사이트를 연다. 손가락이 기억하고 있어서 자동으로 착착 클릭해 들어갈 정도로 빈번히 해온 작업을 오늘도 반복했다. 지금 가게와 가까운 곳을 고집했던 이유는 그래야 손님들이 안심할 수 있을 거라 생각했기 때문이다. 단골손님 중엔 이웃 주민도 많은데 그들은 특별한 디저트가 아니라 일상의 식탁에 올라가는 빵을 찾았다.

새로운 가게가 생겼다고 해서 르시엘의 손님이 줄어들지도 않고, 새로운 가게가 폐업했다고 해서 르시엘 손님이 늘어나는 것도 아니었다. 말하자면 평소 르시엘을 애용하는 사람들은 일상적으로 먹는 빵을 사러 오는 것이었다. 그렇기 때문에 이전하더라도 같은 동네에서 해야 한다는 조건에 연연하고 있었다. 미하루는 단골손님들의 긍정적인 댓글을 떠올린다.

'어디든 따라갈 겁니다.'

정말일까. 한 번쯤은 찾아줄지 몰라도 과연 지금처럼 정기적으로 와줄까. 일상적으로 먹는 빵을 사러 일부러 멀리 발걸음하는 건 의미가 없지 않을까. 미하루는 아는 얼굴들을 머릿속에 떠올린다. 매일 아침 르시엘에 들러 수다 떠는 걸 일과로 삼아온, 혼자 사시는 그 할머니는 앞으로 누구와 세상 사는 이야기를 나눌까. 매주 수요일이면 빠짐없이 빵을 사러 와준 그 남자는 어디서 아침 식사용 빵을 살까. 어린이집에서 아이를 픽업하고 나서 들르는 그 엄마와 아이는 매일의 루틴이 사라지면 허전하지 않을까.

그래봤자 작은 빵집 하나에 불과하다. 없어지면 조금은 불편할 수 있겠지만 그것도 잠깐이다. 새로운 루틴을 만들거나 다른 가게를 찾아내면 되는 일이다. 머리로는 그렇게 생각하면서도 미하루는 고집스럽게 근처의 빈 점포를 검색한다. 엄마가 시작한 가게를 지켜왔다. 그 점에 후회는 없다. 하지만 계속 한자리에서 머물러 있는 인생, 지금 이

대로 괜찮을까.

새로운 매장을 찾는 일은 난항을 거듭했고 겨울이 와도 전혀 발견할 기미가 없었다. 모든 걸 만족시킬 순 없다고 생각하고 범위를 넓히자 조건에 맞는 매물의 수가 훨씬 늘어났다. 다만 그 어느 곳도 미하루의 마음을 움직일 만한 공간은 아니었다. 대대적인 리모델링이 필요하거나 역에서부터의 거리가 애매하거나. 임대료는 조건에 맞지만 혼자서 운영하기엔 너무 넓어서 버거운 곳도 있었다.

"빵 만드는 장소와 매장을 나누는 건 어떨까요?"

친절하게 상담에 임해준 부동산업자도 있었는데,

"매장을 따로 두지 않고 인터넷 판매나 예약판매를 하는 곳도 요즘에 많아요"라고 조언을 해주기도 했다.

인터넷이라면 일부러 찾아올 수 없는 고객들에게도 빵을 판매할 수 있으니까 그만큼 로스가 적다. 그런 장사가 앞으로의 시대에 잘 맞을 것이다. 그게 아니라면 규모를 작게 하고 제품 수를 줄여 희소성을 마케팅 포인트로 삼고 줄 서는 가게를 목표로 하거나. 그렇지만 이 모든 경우의 수가 미하루는 전혀 끌리지 않았다.

일단 제빵 기기는 어딘가로 옮겨야 해서 작은 공간을 임대하기로 했다. 생각이 또 꼬리를 문다. 거기서 빵을 만드는 데는 불편할 것 없어 보였지만 판매까지 하긴 어렵다. 매장은 어떻게 하지…… 매장은 차차 다시 생각하자. 마음먹고 일단 계약했다.

임대한 공간이 좁아서 지금 매장의 모든 집기를 가져갈 순 없었다.

'벼룩시장을 엽니다.'

대략적인 일정을 정한 후 미하루는 SNS를 통해 위의 내용을 공지했다. 매장의 집기와 도구를 저렴하게 양도하는 이벤트를 기획했다. 애정을 갖고 있던 물건들이라 계속 사용할 사람이 있으면 좋겠다고 생각했다. 조금이나마 수익이 나면 새 가게를 여는 데 보탤 수도 있다. 할 수 있을 때 해야겠다는 생각을 하니 마음이 가벼워졌다.

전날은 눈이 내렸다. 어떻게 될지 몰라 한밤중까지 일기예보를 확인했는데 다행히 벼룩시장 당일엔 계절이 성큼

지나버린 것처럼 따뜻한 날씨였다. 미하루도 일찍 가게에 나왔는데 벌써 몇몇 손님이 문이 열리길 기다리고 있었다.

"조금만 더 기다려주세요."

손님들에게 양해를 구한 뒤 신속히 준비를 마치고 예정보다 두 시간쯤 빨리 가게 문을 열었다. 줄은 불과 30분 사이에 꽤 길어져서 가게 앞이 북적였다. 원래 예정대로 두 시간 후에 열었다면 주변에서 민원이 들어올까 봐 전전긍긍했을 것이다. 미하루는 가슴을 쓸어내렸다.

"가게 안이 협소한 관계로 순서대로 안내해드리겠습니다."

그렇게 말하고 문을 열자 세 시간 전부터 기다리고 있었다는 중년 부부가 급히 들어오면서 말했다.

"르시엘의 빵 한번 먹어보고 싶었는데 말이죠."

아쉽다는 듯 말하며 부부가 서로를 마주 보았다. 단골손님들도 얼굴을 비춰주었는데 그들은 "지금까지 고마웠어요"라고, 오히려 주인인 미하루가 해야 할 말을 대신해서 감동을 주었다. 벼룩시장을 준비하는 사이 미하루는 몸이 가벼워지는 것을 느꼈다. 그때까지 느껴본 적 없는 감각이었다. 찾아온 손님들은 가게를 기억하는 기념품으로 삼겠다며 작은 캔들 홀더를 사 가기도 하고 직접 사용하고 싶다면서 커다란 집기를 사는 손님도 있었다. 반대로 아무것도 사지 않으면서 아쉽다고 탄식만 늘어놓는 손님도 있고 싼값에 한몫 잡으려는 듯 이것저것 손에 잡히는 대로 물건들을 사 가는 손님도 있어서 단골들의 냉랭한 시선을 받기도 했다.

그렇게 밉살맞은 행동을 하는 손님을 봐도 미하루는 이상하게 전혀 화가 나지 않았다. 가게 안의 떠들썩한 소리가 거의 신경 쓰이지 않을 만큼 묘한 해방감에 젖어 있었다. 어쩌면 미하루는 엄마와 함께 일궈온 르시엘이라는 굴레에 꽁꽁 묶여 있었는지도 모른다. 가게를 지키겠다면서 고집스럽게 현재의 자리를 유지하는 것이 꼭 정답은 아닐지도 모른다.

내가 원하는 건 무엇일까. 그렇게 자문하면서 미하루는 카페 도도에서 만났던 나이 든 여자 손님이 해준 말을 떠올린다.

"가게를 하는 건 본인이니까 원하는 대로 하면 되지 않나요?"

그러면서 그녀는 여행을 떠나고 싶다고 중얼거렸다.

'나도 자유로워지고 싶다.'

그렇게 생각한 순간 그렇구나, 하며 안개가 걷힌 것처럼 답이 보였다.

☕

 지하철에서 내린 뒤 개찰구에 도착할 때까지 긴 에스컬레이터를 세 번 갈아탔다. 대체 얼마나 깊이 선로를 깐 것인지 도심의 복잡한 교통망에 미나코는 고개를 젓는다. 시간 여유를 가지고 나왔는데도 이 상태면 지각일지도 모른다. 조바심이 나서 결국 에스컬레이터를 걸어 올라간다. 개찰구에선 마른 체구를 한 고령의 시라이가 벽에 기대어 서 있었다. 미나코의 모습을 발견하자 상냥한 미소를 지었다.
 "고객님, 오래 기다리시게 해서 죄송합니다."
 역시 더 서둘러야 했다고 후회하고 있는데,
 "여전하네요. 아직 약속 시간 전이에요."
 그러면서 개찰구 옆 시계를 가리킨다. 약속 시간까지 아직 8분이 남아 있다. 시라이는 미나코 고객사에서 퇴직했다. 보험 갱신 때와 퇴직 전 서류 정리 문제로 몇 번인가 얼굴을 마주한 적이 있다. 퇴직 후에는 특별한 경우가 아니면 계약은 자동 갱신된다. 퇴직 후에는 보험 상품을 바꾸는 사람이 거의 없는 관계로 이렇게 만나자고 하는 일도 거의 없다.

"건강해 보이시네요."

가까운 곳에 카페가 있다며 안내하는 그에게 미나코가 인사를 건넸다. 백발의 시라이는 "덕분에요"라며 인사했다.

가게 앞에 나폴리탄 스파게티와 오므라이스 견본을 장식해놓은 오래된 레스토랑의 문을 여니 딸랑, 하고 차분한 벨 소리가 울린다. 안내받은 안쪽 소파 자리에 앉자 커피 괜찮으세요? 라고 시라이가 물어본다. 미나코는 네, 하고 고개를 끄덕였고 시라이가 점원에게 한 손을 들고 "블렌드 두 개"라고 주문한다. 우윳빛 하얀 도자기 잔에 들어 있는 커피가 바로 나왔다.

"어떻게 지내세요?"

컵에 넣은 크림을 천천히 젓는 숟가락 소리가 귀에 들어온다.

"날마다 시간이 넘쳐나서."

시라이는 숟가락을 컵 받침에 내려놓은 뒤 손으로 머리를 긁었다.

"결국 나는 회사형 인간이었구나 싶더군요."

그러더니 이어서 "제 보험 말인데요, 다음번 갱신은 하지 않을 생각이에요."

물론 갱신하지 않겠다는 건 개인의 선택이지만 그보다 본인이 불안하지 않을까.

"그런 생각을 하시게 된 이유가 있으세요?"

개인적인 문제에 너무 깊이 파고 들어가지 않도록 표현에 유의하며 미나코가 질문한다.

"이렇게 매년 '올해도 괜찮을까, 설마 괜찮겠지' 신경 쓰면서 사는 게 어느 순간 숨이 막히는 것 같아요."

시라이가 차분한 어조로 말한다.

"그렇다면 매년 갱신하지 않는 상품도 있어요. 만기 시점에 무슨 일이 생기면 가족들에게 전액 지급되는 것도 있고요."

"그런 문제가 아니에요. 뭐랄까, 군더더기 없이 산뜻하지 않다고 할까요. 정년 후니까 좀 더 가볍게 살고 싶달까요……"

정확히 설명하기 어렵지만요, 라고 시라이가 말을 이었다.

"왜 그런 말씀을……. 아직 젊으신데요."

인생의 끝을 생각하는 듯한 말에 미나코가 조심스레 말한다.

"아니요. 오히려 인생이 앞으로 계속될 거니까, 남은 세

월이 몇 년인지 계산하며 살고 싶지 않은 겁니다."

시라이의 말투는 담담하면서 표정은 부드러웠고 한결같이 미나코에게 따뜻한 눈길을 보내고 있었다.

미나코는 순간 눈앞에 새파란 장면이 펼쳐진 듯한 느낌을 받았다. 하늘도 아니고 바다도 아닌, 경계가 없는 파란 경치 속에서 자유롭게 움직이는 정체 모를 생명체를 상상했다. 희지도 검지도 않은, 그렇게 확실한 답이 없는 삶에 끌렸다. 정답만을 찾으려는 미나코에게 즐길 수 있으면 충분하다고, 숲으로 둘러싸인 1인 전용 카페에서 더벅머리 주인장이 말했었다.

시라이를 배웅하고 자리로 돌아온다. 가방을 집으려고 아래로 뻗은 손이 치마의 주름에 닿았다. 연핑크색 주름이 달린 니트 스커트는 허리가 밴드여서 꽉 조이지도 않고 입고 벗기도 편하다. 이렇게 편한 옷이 있었는데 왜 그동안 무리를 했을까. 업무용 옷은 타이트한 셔츠에 몸에 피트되는 셋업 정장이 맞다고 생각했다. 편한 옷차림을 하면 긴장감이 풀어질 수 있다며 스스로를 경계했다. 미나코는 자신이 정한 가치관 때문에 괴로웠다는 걸 새삼 깨닫는다. 먼저 자신의 기분을 즐겁고 편안하게 만들어줄 일이다. 오늘 밤엔 그 카페에서 밥도 먹고 차도 마셔야지. 창으로 들어오는 햇살에 눈을 가늘게 뜬다. 어느새 계절이 바뀌었다는 걸 알아차린다.

미나코는 가방에서 바인더를 꺼내어 시라이의 계약 만료 서류를 처리했다.

미도리가 카페 도도의 문을 열었을 때 가게 안엔 아직 손님이 한 사람도 없었다. 오랜만에 방문하는 1인 전용 카페에 들어갈 때는 긴장이 되었지만 자리에 앉는 순간 마음이 편안해지는 걸 느꼈다. 역시 매력적인 공간이다. 새삼 가게 안을 둘러보았다. 오늘의 추천 메뉴를 주문한 뒤 미도리는 오늘 하루 있었던 일을 더듬어보았다.

뉴스에선 벚꽃의 개화 이야기가 나오고 있었다. 출근 준비를 하면서 올해의 평균 기온은 높고 개화는 빠를 거라는 예보를 들었다. 이번 겨울은 연초의 한파 외엔 대체로 따뜻해서 미도리는 한겨울에 입는 두터운 패딩을 꺼내지도 않은 채 겨울을 보냈다. 3월이 되자 살짝 더운가 싶은 날도 있고 얇은 가디건조차 무겁게 느껴졌다.

근무하는 드럭스토어는 다양한 회사와 점포가 입주해 있는 빌딩 1층에 있다. 매장 안쪽 물건을 보관하는 공간 한쪽에서 매장 로고가 들어간 앞치마를 펼치고 있으니,

"도키토 씨, 잠깐 볼까요? 오픈 전에 할 얘기가 있어서."

점장이 말을 걸었다. 계산대 앞으로 가니 점장이 오전 근무조 세 명을 앞에 세워놓고 있다. 인사를 한 미도리가 옆에 가서 서자 점장이 한 차례 헛기침을 했다.

"어, 급하게 전달할 내용이 있어요."

거드름을 피우다 입을 여나 싶었더니 다급히 고개를 움츠렸다.

"여기 매장은 이달 말에 문을 닫는 걸로 결정이 났습니다."

아연실색한 직원들에게 점장은 심각한 표정으로 말을 이어갔다.

"저의 부족함으로 이런 일이 생겨 정말 미안합니다."

매장이 문을 닫는다는 것도 쇼크였지만 점장이 이런 식으로 직원들에게 사과한다는 사실이 더 놀라웠다. 다른 직원들도 마찬가지였는지 모두 입을 닫은 채였다. 잠시 침묵이 이어지다,

"물론 희망자는 다른 매장으로 이동도 가능합니다."

퇴사하는 사람에겐 다음 일자리를 찾기 위한 유예기간이 주어지고 다음 달까지 100%는 아니지만 급여는 지급될 것이며 실업수당 수령도 가능하다고 말했다. 다만 이동을 희망한다고 해도 채용에 한계가 있기 때문에, 라면서 말끝을 흐렸다. 일부 직원에게 이동에 대한 제안이 이미 간 모양이지만 미도리는 그런 제안을 받는 일이 없을 것이다.

쓰다 버리는 건가. 다시 처음부터 구직활동을 시작해야 하나. 한숨을 내쉬면서 오픈 준비에 들어갔다. 매장의 문이 열리길 기다리던 손님이 자동문 스위치를 누르자마자 급한 걸음으로 들어와 상품 진열대 앞으로 갔다. 찾고 있던 물건을 손에 들고 미도리가 서 있는 계산대에 상품을 올리자마자 "포인트로 결제해주세요"라고 지불 방법을 얘기했다. 미도리가 신속히 계산을 마친다.

"고맙습니다."

이제야 간신히 매대 정리도 계산도 매끄럽게 잘할 수 있게 되었는데. 아쉬워하면서 다음 손님에게 "어서 오세요"라고 인사를 건넸다.

'무능한 나도 어찌어찌 끝까지 해냈네. 토닥토닥, 잘했어.' 그런 생각을 할 수 있을 만큼 자신은 성장했을지 모른다. 카페 도도에 가보자. 미도리는 동료인 구레타를 생각하고 있었다.

집에 갈 채비를 하고 있는데 구레타가 "역까지 함께 갈까요?"라고 말을 걸어왔다. 유능하고 경력도 많은 구레타는 다른 매장으로 옮긴다고 했다.

"거긴 고급 주택가여서 직원들까지 콧대가 높대요. 말이 되냐고. 짜증 나."

하지만 아이를 키워야 하니까 아무 말이나 막 할 수도 없다고, 기지개를 켜며 투덜대는 구레타에게 미나코는 "그러게요"라며 맞장구를 친다.

"지난번에 도키토 씨가 나더러 강인해 보인다고 말했잖아요? 그거 틀렸어요."

구레타는 시선을 맞추지 않고 딱 잘라 말했다.

"틀렸다니요?"

미도리가 묻자 이런 이야기를 들려주었다. 자신은 예전에 근무하던 회사에서 몸과 마음을 다쳤고 지금의 드럭스토어가 사회 복귀 후 첫 직장이라는 것. 집에서 쉬는 동안 엄마에게 딸을 맡기고 여러모로 폐를 끼쳤다는 것. 걱정하게 만든 만큼 앞으로는 엄마를 기쁘게 해드리고 싶다는 마음에 힘을 내게 되었다는 것.

"그리고 그때 개념 없는 손님 말이에요."

지난번에 말도 안 되는 이유로 고객이 구레타에게 크게 화를 냈던 일을 떠올린다.

"노동계약법이라고 알아요?"

회사는 종업원의 안전을 배려할 의무가 있다고 한다. 그렇다면 고객의 갑질에 따른 정신적 피해도 포함돼 있는 게 아니겠냐고 구레타가 말했다.

"뭐, 우리 점장은 지켜주지 않지만. 그런 법이 있다는 걸 떠올리기만 해도 의연하게 처신할 수 있거든요."

미도리가 처음 듣는 이야기에 당황하고 있으니,

"보통은 잘 모르죠. 노동법이 널리 알려지지 않은 점도 문제긴 해요. 알아야 제대로 실행되는데 말이죠."

자신은 아이가 있기 때문에 이런 법이나 제도에 민감하다고 말하는 구레타의 빈틈없어 보이는 옆얼굴을 보면서, 알고 있다는 것 자체가 중요하다는 걸 깨달았다.

미도리는 인터넷이 터지지 않는 카페 도도에서 지금쯤 업데이트되었을 도예 교실 동료의 인스타를 떠올린다. 더 이상 그 계정을 열어보는 일은 없을 것이다. 나만 생각하

자. 그렇게 결심했다.

'중요한 것은 일단 한 발짝 내딛는 것.'

일단 행동을 일으키면 알게 되는 게 아주 많다. 그게 언젠가는 자신의 강점으로 연결되면 좋겠다고 생각하면서, 미도리는 오늘의 추천 메뉴인 '잠시 멈춤을 위한 미트소스 그라탱'이 완성되길 기다렸다.

쇼룸의 이벤트는 대성황을 이루었다. 너무 인기가 좋아서 행사 기간 중 일찌감치 완판된 상품도 있었다. 매출도 원래 목표보다 세 배 이상 올렸다. 본사의 스기모토가 특별히 만족스러운 표정을 짓는 모습을 상상하니 미레이는 자신도 모르게 웃음이 새어 나왔다.

"오늘의 추천 메뉴 드시는 거죠?"

미레이의 묘한 표정에 주인이 주문을 잘못 받은 게 아닌지 확인하러 왔다. 적당한 피로감과 함께 자연스럽게 발걸음이 카페 도도로 미레이를 이끌었다. 오늘의 추천 메뉴는 '잠시 멈춤을 위한 미트소스 그라탱'이다.

'미레이, 너도 수고 많았어. 일단은 잠시 멈춤이다.'

메뉴 이름에 자신의 상황을 대입해보았다. 미레이는 전시회장에서 보았던 사키에의 모습을 떠올리고 있었다. 쇼룸 직원으로 온 그녀는 이번엔 음식 부스를 맡았다. 주문을 받는 것부터 정리까지 업무 범위는 다양했다. 인기가 많은 치즈케이크 부스 앞에는 긴 줄이 생겨났다. 사키에가 열심히 대응하고 있었지만 오래 기다리다 불만을 표출하는 손님들이 생겨났다. 사키에의 표정에는 평소 같은 여유가 없었다. 어깨를 들썩이며 가쁜 숨을 몰아쉬고 있었다. 식기가 부딪치며 큰 소리가 나자 파티시에와 다른 직원들이 깜짝 놀라기도 했다.

완벽해 보였던 사람에게도 약한 고리가 있고 제대로 처리하지 못하는 일도 있는 것이다. 그런 생각을 하니 지금까지 속박돼 있던 것에서 해방되는 기분이 들었다. 양날. 문득 미레이의 머릿속에 양날의 칼이 떠올랐다. 지난번에 생각했던 것을 다시 반복한다. 사람에겐 다양한 면이 존재한다. 미지근한 온탕만 선호하는 자신을 한심하게 생각한 적도 있다. 하지만 마음 편하게 느끼는 온도의 물을 선택한 것뿐이다. 그건 전혀 창피한 일이 아니다.

'그러고 보니 이 카페는 숲속에 있구나.'

미레이는 문득 생각한다. 도망치고 싶으면 도시의 숲으

로 가면 되는 거다.

'중요한 것은 정확히 구분 짓는 것'

자신이 할 수 있는 것과 할 수 없는 것, 자신이 아무리 발버둥 쳐도 어찌할 수 없는 것, 그런 것들을 정확히 파악하고 분류하면 된다.

중고 푸드트럭을 적당한 가격에 인수하기로 하고 미하루는 마음이 가벼워졌다. 매매계약서를 주고받고 나서 카페 도도 앞을 지나쳐 갔다. 이 가게에서 나눴던 대화가 실마리가 되어 푸드트럭을 운영하는 쪽으로 방향을 정할 수 있었다.

물론 판매 장소를 매번 새로 정해야 하고 장소에 따라선 도로의 사용 허가도 받아야 한다. 하지만 이동 판매니까 지금까지의 단골은 물론 신규 고객과도 만날 수 있다. 게다가 무엇보다 아주 자유롭다. 카페 주인인 소로리 씨에게 감사 인사도 하고 소식도 전하고 싶었지만 테이크아웃에 필요한 물품도 사야 하고 할 일이 태산이다. 하루빨리 신규 사업의 목표도 세우고 싶다. 간판에 읽기 힘든 글씨체로 추천 메뉴가 적혀 있었다.

'잠시 멈춤을 위한 미트소스 그라탱.'

"맛있겠다."

배 속에서 꾸르륵 소리가 났다. 가진 걸 잃게 될까 봐 걱정하지 말고 자신이 원하는 걸 머릿속에 그려보기. 인생의 앞일 같은 건 생각하지 않고 좀 더 자유롭게 한 걸음 내디디고 싶다.

'중요한 것은 끊임없이 자신에게 물어보는 것.'

하지만 지금까지 성실히 일해온 자기 자신도 칭찬하고 싶고 한숨 돌리고 나서 다음 단계로 나아가고 싶다.

"잠시 멈춤."

가르쳐줘서 고마워, 라고 간판을 향해 미소를 짓고 나서 앞으로 할 일들을 머릿속으로 정리한다.

☕

숲속 카페로 이어지는 골목길 바로 앞에는 오늘도 소박한 간판이 서 있고 읽기 힘든 글씨체로 오늘의 추천 메뉴가 적혀 있었다.

'잠시 멈춤을 위한 미트소스 그라탱.'

미나코는 고객인 시라이가 한 말을 떠올리고 있었다. 인생이 계속 이어지기 때문에 군더더기 없이 산뜻하게 살고 싶다고, 노후의 심경을 들려주었다. 잘못됐다고 생각하는 것에 대해선 앞으로도 계속 목소리를 내고 싶다. 하지만 흑백논리를 내세우기보다 주변을 소중히 여길 수 있는 인간으로 남고 싶다.

'중요한 것은 본질을 보는 것.'

여유를 가지겠다는 각오를 잊어선 안 된다고 거듭 다짐했다. 숲에서 부는 바람은 여전히 쌀쌀했지만 어딘가 부드러움이 느껴졌다. 봄이구나.

"나도 부탁할까 봐요."

다른 손님이 모두 돌아간 가게 안에서 무쓰코가 소로리에게 말을 건다.

"잠시 멈춤을 위한 미트소스 그라탱이요?"

무쓰코가 고객을 끄덕이고,

"잠시 멈춤이구나."

그렇게 중얼거렸다.

"모두 잠시 멈춰서 잘 쉬었나 몰라."

가게를 나서던 손님의 뒷모습을 떠올리며 무쓰코가 말했다.

"그랬다면 좋겠어요."

소로리가 부드럽게 웃더니 부엌 서랍에서 미니 나이프를 꺼낸다. 예전에 손님에게 빌린 것이다. "아직도 돌려주지 않았어요?"라며 무쓰코가 나무라는 표정을 짓는데도 아랑곳하지 않고,

"다른 면이 있다는 뜻이군요."

그렇게 말하면서 고개를 끄덕였다. 나이프의 양날에 빗대어 모든 현상에는 다양한 측면이 존재한다는 말을 하고 싶나 보다. 무쓰코는 호텔의 홍보 담당인 쓰지이의 무기력한 심정을 생각한다. 아이를 낳아도 지금의 일을 계속하고 싶어 하는 그녀를 포함해, 다양한 삶의 방식이 존재하는 여유로운 세상을 만들어가려면 무엇이 필요할까.

'중요한 것은 포기하지 않는 것.'

기성세대가 젊은 세대에게 전해줄 수 있는 게 틀림없이 있을 것이다. 그것은 앞으로의 인생과도 깊은 관련이 있다. 얌전히 고개를 끄덕이는 무쓰코 앞에,

"오래 기다리셨습니다."

소로리가 음식을 내어놓는다.

"맛있겠다."

수증기를 내뿜으며 보글보글 끓고 있는 그라탱 접시를 보고 눈웃음을 짓는다. 뜨거우니까 조심하세요, 라는 주의를 듣고 천천히 숟가락을 입으로 가져갔는데도 "앗, 뜨거워!" 소리가 절로 났다. 입으로 호호, 불며 열기를 식혔다. 잔뜩 올린 치즈가 녹아 있는 화이트소스 밑에는 감칠맛이 응축된 미트소스가 쌀과 조화롭게 섞여 있었다. 아직 화상을 입을 수 있을 정도로 뜨거운데도 점점 침이 고여 참기 힘들다.

"왜 이게 잠시 멈춤을 위한 미트소스 그라탱인가요?"

이 상태라면 순식간에 먹어 치우고 말 것 같아 일단 숟가락을 제자리에 놓고 무쓰코는 소로리의 설명을 기다린다.

"먼저 화이트소스예요."

소로리가 에헴, 헛기침을 하고 나서 설명한다.

"수면의 질을 높이는 데는 멜라토닌이라는 호르몬이 필요해요."

"멜라토닌, 알아요."

"그 멜라토닌을 만드는 데 빠뜨릴 수 없는 게 트립토판이에요."

어려운 말이 잔뜩 나오네, 라며 무쓰코가 쓴웃음을 지으면서도 뒷이야기를 재촉한다.

"그 트립토판이 유제품에 많이 들어 있어요."

"그러니까 이걸 먹으면 잠을 잘 잔다는 거네요."

"그뿐만이 아니에요. 미트소스는"

"진하면서 단맛이 나요."

무쓰코가 감탄하자, "그럴 겁니다"라며 소로리가 가슴을 편다.

"다진고기에 토마토와 버섯을 섞은 건데요."

잠시 말을 멈췄다가 다시 잇는다.

"토마토와 버섯에는 GABA라는 성분이 들어 있어요."

GABA도 트립토판과 똑같이 수면의 질을 높이는 효과가 있다고 한다.

"거기에 이완할 때 나오는 알파파라는 뇌파를 증가시키는 효과도 있답니다."

소로리는 이것저것 자기 나름대로 조사한 내용을 가르쳐주었다.

무쓰코는 그의 설명을 반쯤 흘려 들으면서 자기 자신에 대해 생각하고 있었다. 일은 꽤 나중까지 일정이 가득 차 있다. 하지만 익숙한 일을 그냥 흘러가는 대로 처리해나가는 것이 크게 만족스럽지 않다. 이건 아니라는 생각이 들지만 바쁘다는 핑계로 멈춰 서는 걸 잊어버린다.

"나도 잠시 멈춤이 필요할지도……."

입 밖으로 말을 꺼내자 원하는 바가 더욱 선명해졌다. 목표를 향해 계속 달리기만 하면 계속 걷는 게 불가능해진다. 그러니까,

"오랜만에 여행을 가볼까. 가끔은 나도 잠시 멈춤. 일을 앞으로도 계속하고 싶으니까. 계속 좋아하기 위해서 이기적으로 행동하려고요."

그렇게 말하며 코끝을 찡긋 하며 웃는다.

소로리가 잘됐어요, 라고 말하며 부드러운 눈길을 보낸다.

"그러고 보니 요즘에는 손님들에게 뭔가 건네거나 하지 않네요? 희한한 물건들 있었잖아요."

예전에 소로리는 손님의 고민거리에 맞춰 특이한 물건을 건네곤 했었다.

"실은……."

소로리가 잠깐 어디론가 사라졌다가 손에 회오리 모양으로 된 물건을 들고 다시 나타났다.

"모기향?"

너무도 계절과 동떨어진 아이템을 보며 고개를 갸웃한다.

"손님의 몽롱한 기분을 이 연기로 휘감아버려야겠다고 생각했는데요."

"어머나, 재밌는데요."

무쓰코가 박수를 친다.

"하지만 결국은 모두 스스로 해결하시더군요. 저의 도움 없이요."

그러면서 소로리는 약간 서운한 듯 어깨를 움츠렸다.

모두 많은 고민거리를 안고 살아갑니다. 그것은 당신만의 고민이 아니라 누구나 비슷하게 품고 있는 것일지 모릅니다. 그러고 보니 미도리, 미하루, 미나코, 미레이 네 사람의 이름 첫 글자가 전부 '미'(모두를 의미하는 일본어 '미인나'도 '미'로 시작한다-옮긴이)로 시작하는 것도 그런 이유인 듯합니다. 다만 그녀들이 오늘의 추천 메뉴를 마음속으로 이렇게 속삭였다는 것은 소로리도 틀림없이 알지 못하겠죠.

'잠시 멈춤 미도리.'

'잠시 멈춤 미하루.'

'잠시 멈춤 미나코.'
'잠시 멈춤 미레이.'

가게 안에 정적이 찾아왔다. 무쓰코의 그라탱 접시는 비었고 소로리는 가게 문 닫을 준비를 한다. 그 모습을 멍하니 보고 있다가 액자 속의 도도와 눈이 마주쳤다. 무쓰코가 불쑥 입을 열었다.

"소로리 씨는 괜찮아요?"

"네?" 하고 반문하는 소로리에게,

"소로리 씨도 잠시 멈춤이 필요한 거 아니에요?"라고 거듭 물었다.

"들켰나요?"

소로리는 천천히 입을 열었다.

《월든》은 작가 헨리 데이비드 소로우가 월든 호숫가에서 살았던 생활의 기록으로, 170년쯤 전에 쓰인 작품이다. 그는 산업혁명이 진행되는 동안 급속도로 편리해지는 생활에서 벗어나 숲에서 살기로 한다. 호수 근처에 집을 짓고 밭을 일구며 호반에서 자연의 소리를 듣는다. 새와 다람쥐, 들짐승, 가끔은 친구도 찾아오는 그 장소에서 최소한의 돈과 가능한 주변에서 구할 수 있는 것들만으로 생활을 꾸린다.

그러나 숲에서 일생을 보낼 생각은 없었다. 그는 그렇게 말했다. 특별히 검소한 생활이 하고 싶은 것도 아니었다. 다만 자신이 해보고 싶었던 것을 저항 없이 해보고 싶었노라고, 그것은 어디까지나 생활의 실험이었다.

어느 날 그는 돌연 숲에서 나가겠다고 결심하고 숲속 생활을 끝냈다. 살아갈 인생을 위해 우물쭈물 주저할 시간은 없다, 아마도 바로 행동해야 할 '그때'가 그에게 느껴졌을 것이다. 숲에서 생활한 기간은 2년 2개월하고 2일이었다.

소로리는 몸이 깎여나가는 듯한 나날을 보내다 완전히 피폐해진 끝에 소로우의 책을 만났다. 그리고 도망치듯 사회라는 열차에서 뛰어내렸다. 자신을 치유하기 위해. 동시에 자신처럼 피로해진 사람들이 머물 곳을 만들고 싶어서, 도시의 숲에 카페 도도를 열었다. 하지만 이곳에서의 나날을 이제 끝내도 좋지 않을까. 소로우가 2년 2개월 2일이 지나 숲에서 다시 나왔을 때와 마찬가지로 어느 날 문득 떠오른 생각이었다. '그때'가 되었다고.

"이 가게가 없어지면 쓸쓸할 거예요. 그래도 소로리 씨가 즐겁지 않다면 안타까운 일이고 힘들다면 더더욱 괴로운 일이에요. 소로리 씨의 결심을 응원할게요."

조용히 귀 기울여 듣던 무쓰코가 애틋한 시선을 소로리에게 보낸다. 한동안 애정 어린 눈길로 바라보다 이렇게 말했다.

"이곳에서 구원받은 사람이 많을 거라 생각해요. 나 또한 그랬고요."

"카페 주인이 손님의 등을 떠미는 일은 못 해요. 힘을 뺀 새끼손가락으로 등을 살짝 건드리는 정도……. 나머진 스스로 답을 찾는 거죠. 그러니까 구원받았다면, 그 손님은 스스로를 구원한 거예요."

소로리는 지금까지 생각했던 걸 이야기한다. 그 말에 무쓰코는 조금 쓸쓸하게 웃는다.

"언젠가 마음이 움직이면 카페 도도 다시 열어줘요. 나도 리프레시하고 제대로 충전해서 돌아올게요."

약속해요, 하면서 새끼손가락을 세웠다.

행복의 모습은 사람마다 다르다. 눈에 보이지 않고 정답이 없기 때문에 모두가 찾아 나서는 것일 테고. 어쩌면 찾는 과정 자체가 행복이 아닐까. 요즘 소로리는 그런 생각을 한다.

이 도시의 숲에서 지낸 날들은 단순한 인생의 휴가가 아니라, 앞으로 멈칫거리지 않고 꾸준히 걸어가는 데 필요한 힘을 주었을지 모른다. 언제든 어떤 날에든 돌아올 수 있는 장소가 여기에 있다. 그렇게 생각할 수 있다는 게 무엇보다 마음 든든했다.

허기를 어느 정도 채울 만큼의 음식과
슈트케이스 하나 분량의 짐.
그리고 평온한 시간을 보내는 것.
그게 나에겐 최고로 사치스러운 행복이기 때문이다.

그렇게 확신할 수 있었고 그걸 증명할 수 있었던 걸로 충분하다.
계속 걸어가자. 천천히, 내 발로. 대지를 힘껏 내디디면서.
소로리의 마음속에 홀연히 숲의 바람이 지나갔다.

"무쓰코 씨에겐 이걸."

소로리는 종종 손님의 상황에 맞춘 물건을 건네곤 했었다. 무쓰코의 말을 빌리자면 '희한한 물건'이긴 하지만. 오늘은 뭘까 기대하는 무쓰코 앞에서 소로리는 부엌 기둥에 손을 갖다 댄다.

"이거. 언젠가 가게를 다시 여는 그날까지 맡아주시면 좋겠어요."

무쓰코는 완강히 고개를 좌우로 젓는다.

"아니에요. 그건 소로리 씨한테 준 거예요."

"예상은 했지만"이라며 소로리가 어깨를 움츠린다. 무쓰코가 받지 않으리라는 걸 알고 있었다고 말하자 무쓰코는 하하하, 웃고 나서 눈웃음을 지었다.

"그 그림을 다시 만나게 될 날을 간절히 기다릴 거예요."

"그럼 이건 어떠세요?"

지금에 딱 어울리는 물건이라며 애용하는 녹색 커피통을 건넨다.

"뭐예요?"라며 얼굴에 미소를 지은 채 무쓰코가 몸을 앞으로 숙인다.

"잠시 멈춤의 시간을 담아두는 통이에요."

"역시 독특하다니까."

감탄하는 듯하면서도 여전하다는 표정으로,

"일부러 준비했을 텐데 이건 잘 쓸게요. 나도 강배전 원두를 집에서 가끔 내려 마시니까."

그러면서 두 손으로 통을 받았다.

"와."

소로리는 자기도 모르게 탄성을 질렀다. 지금까지 소로리가 선택한 아이템을 고객이 받아 간 적이 없었기 때문이다. 놀라면서도 흡족해하는 소로리에게 무쓰코가 말한다.

"다시 가게를 열고 싶어지면 꼭 연락해요. '잠시 멈춤의 시간을 담아두는 통' 가지고 다시 올게요."

무쓰코가 집으로 돌아갔고, 가게 안에선 촛불이 조용히 흔들리고 있다. 소로리는 천천히 커피를 마시고(한 잔 분량의 원두는 미리 남겨두었거든요) 부엌 기둥에서 액자를 조심스럽게 떼어냈다.

"당분간 너도 잠시 멈춤이다."

그렇게 말하고 나서 액자를 상자에 가만히 집어넣었다. 곧 흔들리던 촛불도 꺼지고 숲에 고요한 어둠이 내려앉았다.

에필로그

사람이 둘 이상 모이면 관계가 만들어진다. 기쁨을 나누는 친구도 될 수 있고 서로를 돕는 동료도 될 수 있다. 서로 상처를 주고받는 사이가 되기도 한다. 어떤 관계가 되느냐는 불과 종이 한 장의 얇은 차이에서 비롯되곤 한다.

그런 걸 아까부터 쭉 생각하고 있었다. 역 앞에서 이어지는 큰길에서 골목 하나 들어가면 자동차가 확실히 덜 다니는 덕분에 조금이나마 소음으로부터 멀어질 수 있다. 머릿속을 정리하고 싶을 때 이 길로 들어간다. 다시 잠깐 생각에 잠겼다가 얼굴을 들자 눈앞에 익숙하지 않은 간판이 나와 있었다.

"여기 카페가 있었나?"

주변은 울창한 나무들이 빽빽이 서 있어서 가게가 있을 거라곤 상상하기 어렵다. 꽤 오래전부터 종종 지나다녔던 길이다. 정비되는 일 없이 자연스럽다면 자연스럽게 잡목들이 멋대로 자라는 곳이었다.
간판 가까이 가본다. 낡은 나무 간판에 종이가 대충 붙어 있고 오늘의 추천 메뉴가 적혀 있는데 종이의 검은 펜 자국이 채 마르지 않은 듯하다. 읽기 힘든 글씨체에 시선을 응시한다.
"뭔가 지금 나한테 필요한 메뉴 같네."

간판 옆쪽으로 무성하던 잡초와 잡목이 깨끗이 정리된, 안으로 이어지는 작은 골목이 보였다. 주저주저 골목 안으로 들어서니 널찍한 마당이 나오고 그 안에 작은 오두막 같은 가게가 보인다. 놋쇠 손잡이를 당기자 딸랑, 하고 종이 울렸다.
"어서 오세요."
느릿느릿, 다정한 듯 무심한 듯 들리는 목소리가 맞아준다. 덥수룩한 곱슬머리에 뿔테 안경을 쓴, 호리호리하고 키 큰 남자가 부드럽게 미소를 지었다. 주황빛 작은 촛불이 흔들리는 아늑한 가게 안에서, 그가 오래 사용한 듯 보이는 녹색 커피통 뚜껑을 살며시 열었다. 깊고 향긋한 커피 향이 은은하게 퍼진다.

"카페 도도에 오신 걸 환영합니다."

시간이 멈춘 카페 도도

초판 발행 · 2025년 4월 10일

지은이 · 시메노 나기
옮긴이 · 장민주
발행인 · 이종원
발행처 · (주)도서출판 길벗
브랜드 · 더퀘스트
출판사 등록일 · 1990년 12월 24일
주소 · 서울시 마포구 월드컵로 10길 56(서교동)
대표 전화 · 02)332-0931 | **팩스** · 02)323-0586
홈페이지 · www.gilbut.co.kr | **이메일** · gilbut@gilbut.co.kr

기획 및 책임편집 · 허윤정(rosebud@gilbut.co.kr) | **제작** · 이준호, 손일순, 이진혁
마케팅 · 정경원, 김선영, 정지연, 이지원, 이지현 | **유통혁신** · 한준희
영업관리 · 김명자, 심선숙 | **독자지원** · 윤정아

디자인 · 어나더페이퍼 | **표지 그림** · 반지수 | **CTP 출력 및 인쇄** · 정민 | **제본** · 정민

- 더퀘스트는 ㈜도서출판 길벗의 인문교양·비즈니스 단행본 브랜드입니다.
- 잘못 만든 책은 구입하신 서점에서 바꿔드립니다.
- 이 책에 실린 모든 내용, 디자인, 이미지, 편집 구성의 저작권은 ㈜도서출판 길벗(더퀘스트)과 지은이에게 있습니다. 허락 없이 복제하거나 다른 매체에 실을 수 없습니다.

979-11-407-1297-7 03830
(길벗 도서번호 040310)

정가 17,000원

독자의 1초를 아껴주는 길벗출판사

(주)도서출판 길벗 IT실용, IT/일반 수험서, 경제경영, 인문교양(더퀘스트), 취미실용, 자녀교육 www.gilbut.co.kr
길벗이지톡 어학단행본, 어학수험서 www.gilbut.co.kr
길벗스쿨 국어학습, 수학학습, 어린이교양, 주니어 어학학습, 학습단행본 www.gilbutschool.co.kr